エールは消えない

いのちをめぐる5つの物語

志村季世恵
Shimura Kiyoe

婦人之友社

プロローグ

この本が、生きることを大切にしたいあなたに、
もしくは死について考えている人に、
母親を求めているあなたに、
そして私の友人、勇《ゆう》くんに届きますように。

春の欅を見るのが好きなのです。
毎年、母と一緒に大きな欅を眺めながら、「どうして欅は他の木と違ってまばらに芽吹くのだろう。なんだか人間みたいだねぇ」と、二人で自分の至らなさを欅と重ねて安心したように笑っていました。

欅は一斉には芽吹かず、一枝一枝芽を伸ばすのも異なりバラバラなので、春は見栄えが悪いのですが、いつの間にか青々と茂っています。
それぞれ違っていていいよ。同じである必要もない。やがては全体が緑に覆われるようになり時期が来たら落葉し、大地の栄養になるのだから大丈夫だよ。そんなメッセージを私たちに伝えてくれているように感じます。

さてここで私の自己紹介をさせてください。二つの活動をしています。一つはバースセラピスト。二〇代から、出産や育児に悩みを持つ方や末期がんを患う方のメンタル面をサポートすることが多くなり「バースセラピスト」として活動するようになりました。この職業、聞き慣れない名前ですよね？　それもそのはず、私の造語です。ボランティアとしてターミナルケアにも関わらせていただき、人は亡くなる直前であっても誰かの幸せを願い、何かを生み出すこともできると知りました。そこでセラピストに〝バース〞をつけたのです。

そしてもう一つは「ダイアログ（対話）」。対話の重要性と多様性の理解を進めるエンターテインメント、ダイアログ・ダイバーシティミュージアム「対話の森」を東京の竹芝で開催し、その代表理事を務めています。ミュージアムの展示物は、「ダイアログ・イン・ザ・ダーク（DID）」「ダイアログ・イン・サイレンス（DIS）」「ダイアログ・ウィズ・タイム（DWT）」。

DIDは一九八八年にドイツで始まりヨーロッパで人気を博し、日本では一九九九年から開催。以降アジアにも広がり、現在四七カ国で体験ができます。灯り一つない漆黒の暗闇の中に森や公園、本物の電車や民家やカフェがあり、そこを訪れた方々は視覚障がい者の案内により「見ること」を手放し視覚以外の感覚を最大限に使用しながら、仲間になった人たちと助け合い探検をします。見た目に惑わされることなく、障がいの有無や老若男女問わず対等になり自由に対話を楽しむのです。

DISは音のない世界を作り、手話や口語を含む全ての言語を使わずに言葉の壁を越えて遊び、対話をするエンターテインメントです。案内人（アテンド）は聴覚障がい者。美しい表情と身振り手振りはまるでパントマイムを見ているよう。やがてその案内人が、言葉とは異なる方法で意思疎通を図ることを教え促してくれるのです。私たちは小さな子どものような気持ちになり、相手の目を見つめジェスチャーでコミュニケーションを図り、いつしか言葉の壁を越えて対話を楽しみます。

ＤＷＴは、後期高齢者が年を重ねる豊かさと人生を楽しむ素晴らしいコツを教えてくれます。私の母も案内人としてデビュー。アテンドネームは「アッコちゃん」でした。専業主婦歴五八年に終止符を打ち八三歳でお給料をもらい、母はそのお金で夫と私を旅行に連れて行ってくれました。

ここに関わる人たちは弱者と思われることがあります。けれど、すべてが弱いのではありません。ましてや弱いところは誰にでもあり、困りごとがあれば工夫も生まれます。マイナスに思えるところは見方を変えればプラスにもなり、「見えないからこそ」「聞こえないからこそ」「高齢者だからこそ」培った知恵や能力を生かすことができるのです。

バースセラピストをする中で出会った方々が回復するまでのプロセスと、ダイアログの体験から得たものに共通点は多く、特に喪失を経験した人たちがその先を見つけ動き出し、出会った人たちに愛やエールを送る立場になっているところも似ています。

私には母親のような存在が何人かいます。私をずっと見守り育ててくれた存在は実母ですが、生きる上で影響を与えてくれた人は実母だけではありません。その中のお一人は樹木希林さんです。二人は全く異なる個性を持ち、暮らしも生き方もバラバラ。言っていることも違うけれど、共通するところは人の世話をするのが好きなところでした。

幼いころ、悩みがあるとお母さんやお父さんに相談しませんでしたか？　ときには何も言わずに体をキュッと抱きしめてほしいと願うこともあったかもしれません。もちろん大人になってからだって、親の経験を聞いてみたいと思うことはあるものです。

ところが、自分が願っていたような反応が返ってこずにさらに傷つき、残念な思いをしたことは多くの人にあるはず。私にもありました。でも親となった今では、自分の子どもにもがっかりさせていることはたくさんあると思うようになりました。

お母さんやお父さんに完璧な人はいません。なぜって自分の子を生み育てるにも多くても数人です。私にも四人の子がいますが、この人数ではベテランの親の域には到底たどり着きませんでした。

子どもは個性豊かな上に日々成長します。それに比例して大人も成長するのならいいのですが、彼らは親よりスピーディーです！　でもその成長は欅の新芽のようにまばらでバランスはよくありません。そこでお互いに苦しむのですが、そんなときは自分のために、たくさんの人と出会い、その経験や考え方を教えてもらい、その人の大切にしてきたものを、自分の中にもおすそ分けしてもらい、自分を育てる種にしたらどうだろうかと考えるようになりました。

私には、昨年中学生になった勇くんという友人がいます。いつか彼にこの本を読んでほしいと思い、久しぶりに文を書いてみることにしました。

勇くんにはお母さんがいません。三歳のときに母親を自死で突然に亡くしたからですが、その後、勇くんはお父さんと一緒に亡くなった母親の両親の家に移り住み、暮らすようになりました。

おばあちゃんは君《きみ》ちゃんと呼ばれていて、元気で情にあつく、どんな人にも温かく接する人です。君ちゃんは勇くんのお母さん代わりとなり孫を一〇年間育て、そして中学校に進学した勇くんは、君ちゃんと離れて父親と二人暮らしを始めました。祖父母と暮らした家から電車で一時間離れたところ。彼は温かな君ちゃんの腕の中から大海原に漕ぎ出したのです。

この本がそんな勇くんの羅針盤になれたら。そしてこの本を手に取ってくださった方々のお役に立てたならとても幸せです。この本は、私が出会った家族のリアルな物語です。

志村季世恵

第1章

一番星になった娘

君ちゃんと勇くんのこと

長光寺というお寺

熱海から東海道本線に乗り一つ目の駅が函南《かんなみ》駅。そこからタクシーで一〇分ほどのところに長光寺という曹洞宗の禅寺があります。

ご住職の柿沼忍昭《にんしょう》さんは、私がターミナルケアや「大家族ごっこ」(これは後ほど説明します)をするときにいつもサポートをしてくださり、とてもお世話になっているのですが、柿沼和尚と出会ったころは、ご自分のお寺を持たずにご自身を野良坊主と謳い、日本のみならず海外でも活躍していました。

座禅と禅宗の食事の作法を「食禅《じきぜん》」と名づけ、集う人々に一杯のお粥を食べさせながら、一粒の米がいのちを生かしていることを伝え続けていたのです。

おかずは少量のごま塩と、とても薄い数切れの沢庵のみ。応量器《おうりょうき》という三つ椀を使い、お匙でお粥をいただくのですがその器を扱う作法が独特です。とても難しく、かつ美しいのです。茶道のお点前と似ているので理由をお聞きすると、茶道はこの食べ方が原点と知りました。二時間かけて一杯のお粥をいただくと、心が静まり一粒の米の存在がありがたく、私はターミナルケアで出会った大切な方をお看取りした後に、いのちの循環を感じたくて食禅を受けるようにしています。

お会いした当時は旅を続けるお坊さんでしたので、どこにいらっしゃるのかはわかりません。ところがあるとき、ご自宅の札幌から「お寺いりますか？」という謎の電話をいただいたのです。その意味が理解できず、しばし沈黙。すると柿沼和尚は言いました。

「あなたの活動は、本来お寺がすることでした。今は葬式のために寺があると思っている人が多いけれど、以前は、生まれてきてから死ぬまで、寺がそのすべてを手伝い、担っていたのですよ。あなたがボランティアで行っているターミナルケアも寺がすることだった。だから私は季世恵さんを手伝おうと思う。寺があったらそれができるでしょう？　ちょうど、寺の住職にならないかというオファーがきている。場所は熱海に近いところ。寺に向かう途中で初島もよく見える。亡くなったあなたの旦那さんのご縁かもしれないよ」

初島と聞いて胸がキュッと縮まるような痛みを覚えました。その島は、前夫がダイビング中に亡くなったところだったからです。当時は熱海に行くのもつらく、とても美しいところなのに初島の名前を耳にしただけで苦しかった。けれど私は「お寺、必要かも……」と答えていたのです。柿沼和尚はその翌年に、丹那盆地にある古いお寺「長光寺」のご住職になりました。

そんな風変わりなお坊さんなので、全国にファンがいます。お寺にもさまざまな人が訪れます。老若男女問わず個性豊かで魅力的な方ばかり。柿沼和尚は約束通り、私が関わる方々の心の置き所としてお寺を自由に使わせてくださり、末期がんを患う方や、悲しみを背負うことになった子どもたちにとっても安心の場になっていきました。

おひさまのような人

本題の君ちゃんと出会ったのはそのお寺。君ちゃんは長光寺のメンテナンスをするお役目の人でしたが、人懐っこい笑顔と明るい人柄でお寺を訪れる人を魅了します。私自身も初めてお会いしたのに、まるで昔から出会っていたような気持ちにさせられました。

子育てはほぼ完了しているらしく、

「自分の好きなことをするために、好きな仕事をバランスよく両立しているの。今はリンパマッサージの勉強中。あっ、それからもうすぐ友人と二人で、ピンク・レディーの

UFOを今宮神社で歌うのよ。オレンジ・レディーという名前でね！　衣装は手作り。もしよかったら聴きに来てね！」

　そう言って笑っていましたが、後に君ちゃんは着物も縫えてプロ級の腕前だと知りました。


　おひさまのような君ちゃんのことを知りたくて「その明るさは生まれつきなの？」と聞いてみたことがあります。すると、君ちゃんは言いました。

「ううん、違うよ。人前に出るのが苦手で、授業中に先生から当てられると気分が悪くなって倒れちゃうほどだった。小学生のときに派閥のようなグループができて、どちらにも入らなかったら、仲間外れになってすごくいじめられて、そんなふうだったから本当に暗かったんだよ」

　小学校高学年になると、子どもたちはグループを作り、誰かを攻撃することがありますよね。成長の過程とはいえ、度が過ぎればいじめに発展し不登校や自死に繋がることもあります。心の傷も深く、大人になっても癒えない傷を持つ人もいます。解決は、そう簡単ではありませんが、君ちゃんは、自分自身を変えることを自分で決めたのだそうです。

「中学生になって、このままではだめだと自分を変えようと決意して、それで体育会系の部活に入ることにしたの。そう、自分が活躍できそうな部を選んだの。強そうな部活の部員は小学生からそのスポーツをやっていたはずだから、経験のない私が試合に出られる可能性は低い。だったら弱そうな部を探そう。

　それで見つかったのが、バドミントン部。予想通り私も試合に出場！　友だちもできて毎日一緒に本当に一生懸命練習をして、やがて強い部に成長したの。試合に出るようになってわかったことは、応援の力のすごさだった。大勢の人の前で試合をすると、その人たちが応援をしてくれる。その力が加わると、持っている以上の力が発揮されて、自分一人ではできないようなこともできちゃうんだよ。学校卒業後はH製作所に入社して、そこのバドミントン部でも活躍したよ。以上が明るさのきっかけでした‼」

　君ちゃんは自分を変えようと決めたとき、他者と比較をすることで一喜一憂して苦しむのではなく、自分自身を応援することを選んだのだと思います。人の好意や支援を真っすぐに受け止めるその素直さは、君ちゃんの素晴らしい能力ですが、最初のハードルの決め方が低め。これなら私でも真似できそう。

その後、結婚をして子どもも生まれましたが、やっぱりスポーツやお祭りを通して地域の人たちと交流。やがて離婚をして、住まいが変わっても、同じように自ら進んで交流し、その場に溶け込んでいったそうです。

君ちゃんの話は続きます。聞くとなかなか激しい半生です。

本人は「私は極悪非道の女で、子どもと男を振り回してきたの」と言っていましたが、あながちうそではありません。

何しろ恋多き女。自分にも他人にも正直な君ちゃんは、好きな人ができたら真っすぐにその人のもとに走ります。ただし子どもを決して捨てることはなく、しかも別れた夫とも良好な関係を保ちながら。ですから振り回していたとしても極悪非道ではありません。君ちゃんと出会う人はその明るさと温かさに癒やされ、面倒見の良さに救われ、さらには彼女の哲学に大きく影響を受けるのです。

「他人の目が気にならなかったの？」と尋ねてみたら、君ちゃんは

「人の噂も四十九日って言うでしょ？　あれ⁉　違うか。それはお寺の世界だ。そう七十五日だった。それくらいで消えちゃうんだよ。誰かの目を気にしていたら自分の人

生を最高のものにはできないからね。私の友人たちはそんなことで去ってはいかなかった。それに、友だちは自分で選ぶものだよ」

と、ものすごく魅力的に微笑むのです。

自分が産んでいない子を育てる

君ちゃんは三回の結婚で四人の子どものお母さんになりました。初婚のときに授かった子は男の子と女の子の二人。再婚して男の子が一人。

そして三回目の結婚で夫となった、石野さんのお子さんが一人。合わせて四人。福岡で暮らしていた君ちゃんは、当時高校生だった次男の寛さん（ひろちゃん）を連れて熱海にいる石野さんのところに移り住みました。

石野さんのお子さんは、周りの人からたかちゃんと呼ばれています。

当時たかちゃんは小学五年生。体が小さくホルモン注射を打っていました。そして一時は学習面の遅れがあり特別支援学級にいたことも。実母は病気で亡くなったそうで、闘病中は子育てもままならなかったのでしょう。そのため君ちゃんは、たかちゃんにお箸の持ち方、歯磨きの仕方、お風呂の入り方、髪や体の洗い方、学校のお便りは大人に見せること。宿題は提出すること。翌日の時間割表を確認して必要なものをランドセルに入れることから教え始めます。

学習の遅れを取り戻すために家で勉強を教え、学校での様子を知るために小学校のPTA役員も引き受けました。中学生になり、やはり特別なクラスに入ることを勧められますが、君ちゃんは先生と対話を続けます。

「先生、たかは、どこかおかしいですか？　成績は悪いけれど一緒に暮らす中で、おかしいと私が感じるところはないのです」

すると先生も「いや、おかしくはないです」と答えるのだそうです。であるなら、学習の遅れを取り戻すことへの協力をお願いできないかと伝え、先生も引き受けてくれて、たかちゃんは通常学級に進みました。

これは、たかちゃん応援団が結成された証。団長の君ちゃんは、自分一人だけでなくたくさんの大人を巻き込んでいったのです。たかちゃんが幸せになるために！

先生方は補習として小学校中学年からの勉強を教えてくださったそうです。やがては志望の高校に合格。さらには大学にも進学。もしも君ちゃんがたかちゃんの様子を冷静に見ていなかったら、そして学校に働きかけなければ、どうなっていたか。容易に想像ができてしまいます。

友だちの作り方、喧嘩の仕方を教えたのも君ちゃんでした。今やたかちゃんは素敵な男性になっていて、優しい笑顔にうっとりしちゃうほどです。

そんな君ちゃんを、母親としてどう呼んだらいいか。たかちゃんが悩んでいたことがあったと聞いたことがあります。君ちゃんはそのとき言いました。

「私はあなたの母親ではないから、君ちゃんでいいんだよ。亡くなったママのことを忘れてほしくないよ。産んでくれた母親がママなのだから、と言ったの。それからずっと私は君ちゃんだよ」

この考え方が正解かどうかではなく、この話を聞いたとき、「君ちゃんは情熱と冷静さを併せ持つ人なのだ」といたく感心しました。そして同時に、私自身が抱えていた小さなわだかまりも消えたのです。

もうずっと前のこと、私は異母姉兄に母親のことを〝おばちゃん〟ではなく〝お母さん〟と呼んでほしいという密かな願いがありました。同じ家で暮らす中で、父のことは全員が「お父さん」と呼び、母に対しては私や妹だけが「お母さん」と呼ぶ。友だちの家庭のように、呼び名が一緒ならば、時折覚える居心地の悪い違和感も緩和されるのではないか。そんな解決策を子どもなりに考えていたのです。

今思えば、一回りしか離れていない若い女性が継母となり、親子のような関係作りは難しかったはずです。それでも私の母は父の子どもである三人を心から愛していたし、その暮らしを大切にしていたのです。二人の姉と兄も、家庭の中で自分の感情や考えをストレートに、ときには強く表現していました。私にはそれが不仲に見えたのです。

自分の両親がいつも仲良く、離婚や死別もなければ、それはとても素晴らしいことです。でも、そうでなければ幸せではないのかと言えば、答えはNO。幸せは固定的な条件ではなくみんなで作り上げるものだから。そんなことを君ちゃんと出会い、あらためて教わりました。

話は戻りますが、君ちゃんの子どもたちもたかちゃんを育てる母を応援していました。

九州から熱海に一緒にやってきた寛さんは、途中で九州に戻っています。このとき、君ちゃんが息子と共に熱海を去ろうとしたところ、それを止めたのは夫の石野さんではなく息子の寛さんでした。

「俺よりもお母さんを必要としているのは、たかだよ。今、この状況でここを離れちゃだめだ。たか、どうなっちゃうと思う？　俺は大丈夫だから安心して」

と、母親を説得したそうです。

おもしろいことに、いつの間にか君ちゃんの子どもたちは、全員「お母さん」という呼び方を「君ちゃん」に変えています。上の子どもたちも、たかちゃんの応援をしていたのです。みんなが少しずつ力を合わせて、家族のカタチを整えていったのでした。

突然の出来事

君ちゃんは折に触れて家族の話をしていましたが、特に娘の由紀子さんの話をしているときは幸せそうでした。

「私と違って落ち着いていて勉強もできてね、優しい子なの」

君ちゃんまで優しい顔で言うのです。由紀子さんは三歳の男の子のお母さんで、もうすぐ二人目を出産する予定。産休に入ったら君ちゃんの家に里帰りをすることになっていたので、私もお会いするのを楽しみにしていました。

まるで遠い親戚に初めて会う気持ちです。お腹の赤ちゃんは女の子。もうすぐお兄ちゃんになる勇くんは、リュックサックに、おもちゃのガラガラを入れていつも持ち歩き、妹を迎える準備をしていたそうです。

でも、願いは叶いませんでした。

その日、私は母と一緒に山形にいました。平清水で暮らしていた妹を訪ね、生まれて初めての親子三人水入らずの旅を満喫し、朝からお湯に浸かって道の駅でお買い物。そんな呑気な私に柿沼和尚から思いもよらない電話が入りました。

「君ちゃんが大変なことになっている。娘の由紀子さんに何かが起きたらしい。君ちゃんから連絡があると思うから話を聞いてやってくれ」

和尚さんの声はいつもと異なり緊迫していました。ただならぬ気配を感じ、胸騒ぎがします。

一〇分後に電話が鳴りました。

「由紀子が死んじゃった。死んじゃったの！　自殺しちゃった」

君ちゃんは泣きながら状況を話します。

由紀子さんを発見したのは三歳の勇くんだったこと。夜中にトイレに行きたくなり目を覚ますと、同じ布団に寝ていたはずのお母さんがいない。そこで部屋を出て探したところ、お母さんを見つけ、勇くんはお母さんに向かってずっと話しかけていたのだそうです。しばらくして勇くんのお父さんが声を聞きつけ、二人を発見しました。

君ちゃんは自分の悲しみの他に、由紀子さんの夫や勇くんを案じる気持ちが大きくありました。どうしよう。君ちゃんは私に何かを求めて電話をしてきているのです。私は祈るような思いで伝えてみることにしました。

「つらいね、君ちゃん……つらいね。どんなに苦しいことか。それなのに、今こんなことを言ってごめんなさい。もしも可能なら私の話を聞いてもらってもいい？」

君ちゃんは「うん、聞く。教えて」と答えてくれました。

「きっと、もうすぐ由紀子さんのもとにみなさんが駆けつけてくれるよね。由紀子さんを見たら悲しくてつらくて苦しくて、なんで気づいてあげられなかったのだろうと後悔のような感情が湧くと思う。原因を知りたいし状況を確認したいと思うかもしれない。それによって、一時の感情で誰かのことを責めてしまうことがあるかもしれない。もしくは自分自身を責めてしまうこともあるかもしれない。

でも、それを勇くんに聞かせないでほしいの。三歳ってもう赤ちゃんではないから、人の話を聞いて自分の考えを持つことができる年齢なの。第一発見者だった勇くんは、母親の死を自分のせいだって思うことだってできちゃうの。だから、気をつけてあげてほしい」

君ちゃんは、丁寧に私の話を聞いてくれました。

「季世恵ちゃん、わかった。よくわかったよ。勇くんをこれ以上苦しめたくない。大丈夫。私は勇くんと、みんなを守る」

一番星になったお母さん

これまでも、親御さんを自死で亡くしたお子さんのお話を聞いてきましたが、子どもたちは親を失う悲しみと同時に、大好きだった家族や祖父母、親戚たちが声を荒らげて話し合う、ときには誰かを責める、そのことに心を痛めるのです。まるで二次災害のようです。

お子さんを自死で亡くした親御さんのことも見てきました。「自分が消えてしまったような、すべてが壊れたような残酷な痛み」と喩えた人もいます。抱えきれない悲しみとともに、亡くなった我が子の心の内を知り、もう二度と会えない子どものその痛みを共有したいと願うのです。

君ちゃんも同様に、娘が暮らしていた家に二カ月ほど滞在しました。勇くんと義理の息子のお世話をしながら自死の原因を探すために。でも家中を探しても気になるものは何一つ見当たりません。亡くなった当日を振り返ると、家の中はまるで日常そのまま。キッチンには由紀子さんが作ったクリームシチューの残りがありました。いつもの中で起きた突然の別れ、家族は由紀子さんの作ったシチューを温めて食べました。

あるとき君ちゃんは引き出しの中から、由紀子さんの「やりたいことリスト」を発見します。そこにはポジティブな内容が連なり、その中の一つは「お母さんのために家を改築するか、新築の家を買ってあげたい」とあったそうです。

表立った理由はわからないままでしたが、妊娠期に起きるうつ病か精神病の類だったのではないかと専門医から教わり、その話に納得ができたのでしょう。君ちゃんは次の道を開くために新たな提案をしたのです。勇くんだけでなく父親の精神面も案じていた君ちゃん夫婦は、「熱海で一緒に住もう」と、勇くんと彼のお父さんに声をかけました。

熱海の家には君ちゃんの夫の石野さんと、そしてすっかり大きくなったたかちゃんがいます。三人は、いきなりやってきた傷心の親子を新しい家族として最大級の愛で迎えました。たかちゃんは、子どものころ君ちゃんにしてもらったように、勇くんのことも、そして君ちゃんのことも支えたのです。

私は勇くんのセラピーを担当することになりました。セラピーは寝入りばなにすることにし、お布団の中にいる勇くんに向かいそっとお話しします。

勇くんはお母さんからたくさんの愛をもらっていたこと。

勇くんもいっぱいお母さんに愛を注いでいたこと。

お母さんは心の病気で遠くに行ってしまったけれど、勇くんを置き去りにしたのではないこと。

家族をとても大切にしていたこと。

するると、夜に眠れなかった勇くんの眠りが深くなり、お母さんが亡くなってから始まったおねしょもなくなりました。最後のセラピーでは、お母さんはいつも勇くんを見守っていることを伝え、明日の夕方、君ちゃんがお寺の仕事が終わるころに迎えに行って、そこでお母さんを見つけてみることを提案しました。

翌日、長光寺に行った勇くんは夕方の一番星を見つけて「あっ、お母さんの星！」と叫びます。

「お母さん、ぼく元気だよ！　お母さん！　お母さん！　ぼく元気だよ。そこからいつも見ていてね。ぼくもお母さんを見ていてあげるからね」

両手を空に向け、目いっぱい上げています。お母さんと手を繋ぐように。握手をするように。そしてハグをするように。会えなくなったお母さんと勇くんが再会したのです。

由紀子さんはここに集った人たちにとっても一番星になり、そして新しい暮らしが本格的に始まりました。

ここで素敵なことをこっそりお知らせしますね。勇くんと添い寝をするようになった君ちゃんの体に、あるとき変調がありました。当時五八歳、とっくに閉経を迎えていたのに生理が再開したというのです。お母さんを恋しがる勇くんは君ちゃんのお乳を触りながら眠るようになり、それにより何かが刺激されたのでしょうか。いつの間にか君ちゃんは五人のお母さんになり、やがて今どきの子育てを知りたがるようになりました。そこで私は、夏のイベント「大家族ごっこ」に誘ったのです。

大家族ごっこ

大家族ごっこは「こども環境会議」という任意団体が長年続けてきたワークショップです。子どもが育つ環境をみんなで考えながら、実際にワークショップを行うというもの。

「子ども一人育てるには村人一〇〇人の力が必要」ということわざをご存じですか？

一〇〇人ということは、家族以外のさまざまな人が子どもに関わるということ。

子育ては夫婦だけが頑張るのではなく、祖父母や身内のフォローだけでもなく、友人、ご近所さん、ママ友、パパ友が協力し合って行う。その中に保育園、幼稚園、学校の先生や医師、行政の力も総動員できれば最高です。

特に障がい児や病児育児は母親の負担が非常に大きくなり、いつしか母子の絆は深まっても、父親の存在が希薄になりがち。お父さんも妻や子とどう関わっていいのかわからず、夫婦間に溝ができるなんていうこともあります。そこで私は家族療法を意識しながら「大家族ごっこ」というワークショップを開くようになったのです。

他者から心ない言葉をかけられ悲しい思いをしてきた人にも安心して参加してもらえるように、参加条件は「血縁関係なく、誰もが身内になってもらう」こと。障がいがあっても、病気療養中でも、元気でも、大家族ごっこの開催中はみんな一つ屋根の下で暮らす兄弟姉妹です。

ですから、参加者の中に障がい児がいてもみんなで一緒に楽しく遊びます。もしもやりにくいことがあれば、みんなで工夫をすることも覚えます。

大人は参加者全員の子どもに目を向けて、身内の子として接する。危険なことをしていたら我が子のように叱り、褒めることがあったら、めいっぱい褒める。たったこれだけのことですが、我が子のことを他の大人が見てくれることにより、欠点だと思っていたことこそが大きな魅力だと感じたりするのです。

大人も子どもも日中は本気で遊び、ごはんはゆとりがある人たちが私と一緒に作る。ときには子どもたちが創作料理を作って大人に食べさせてくれることもあります。夜はみんなで近くの温泉に行き、その後はおしゃべりタイム。やがて就寝。

夜泣きをする赤ちゃんがいたら、夜に強い人が赤ちゃんを抱き、あやしながら寝かしつけてくれます。お母さんは、他人の力をあらためて感じ、助け合うことを覚え、数年後には自分がフォローする側に回るのです。

さて、そんな夏の大家族ごっこに、勇くんと君ちゃんがやってきました。会場は二人にとってお馴染みの長光寺です。

初めて参加した日の夜。勇くんが家に帰りたいと大泣きしました。すでに君ちゃんは若いお母さんたちと友だちになり、今どきの育児事情も入手。お母さんたちも君ちゃんの明るさに惹きつけられています。君ちゃんはがっかりしながらも、勇くんの気持ちを尊重し「また明日来るね。きっと明日は泊まれると思う」と言いながらしぶしぶ家に帰りました。

翌朝、元気よく二人はやってきます。お昼ごはんは、流しそうめん。お父さんと子どもたちで、お寺の境内の竹を縦半分に割って道具を用意しました。おやつはスイカ割りのスイカです。

その後は、チームに分かれて服を作りファッションショー。柿沼和尚はつるつるの頭に真っ赤なカツラをかぶり、子どもたちが作った派手な衣装に身を包んでロックンローラーに変身！　勇くんも大笑いしながら遊んでいます。でもやっぱり夜は家に帰ると泣くのです。

ワークショップに限らず、このころの勇くんは要望が強くなり君ちゃんは疲れていました。翌年も同様のことが起きました。そこで私は君ちゃんと話をしたのです。

「君ちゃんは、家に帰りたい？」

「全然帰りたくない。ここで友だちになったママたちとビール飲んでいっぱいおしゃべりしたい。だけど勇くんが……」

「君ちゃん、勇くんの要求の中にあるその気持ちに耳を傾けながら、二人で対話をしたらどうかしら？　もしかしたら、いつも自分に目を向けてくれている君ちゃんが、ここに来るとちょっと変わって見えて不安なのかもしれない。それともヤキモチ焼いているのかもしれない。いや、いつもの時間を大切にしたいのかもしれない」

「そうかな？」

「全部違うかもしれない。だから対話してみて。そして君ちゃんの考えも伝えてね」

君ちゃんはこの提案に少し驚いていましたが、勇くんと君ちゃんは対話をしたのです。しばらくして二人は笑顔で「今夜からみんなと一緒に泊まる！」と言いました。賢い勇くんは人の話に耳を傾け考えることを覚え、それを言葉にして伝えるようになりました。


毎年大家族ごっこの最終日には、その時期に適したテーマを決めてみんなで対話をします。すると大人が驚くような意見を子どもが言い、ときには大人の悩みを子どもたちが本気で考え、知恵を出し合い、意見を述べてもくれるのです。

参加した大人たちは驚き、感動の声をあげます。子どもは何もできない小さな存在ではないのです。ただ大人が知らないだけ。


最年少の勇くんは毎回目を見張るような話をし、やがては場を盛り上げるリーダー役に成長しました。対話の時間では模造紙を用意して、気がついたことをそれぞれがメモ代わりに書いたり、絵にしたり、好きなように使っています。勇くんはみんなと一緒に泊まった次の日、その模造紙に自分のお母さんの絵を描きました。お母さんの腹部を見るとそこには小さな子どもが描いてあります。私が黙って見ていると、

「これはね、ぼくだよ。ぼくはここから生まれてきたの。そして赤ちゃんもここにいるんだよ」

何度も何度もうなずいて、自分が描いたその絵を見て満足そうに笑っていました。そしていきなり立ち上がり、本堂から境内に向かって走り出します。大家族になった子どもたちが遊んでいる中に、手を広げて「何やってるの〜？」って言いながら。

巣立ち

ある日、君ちゃんから「熱海の親子クッキング選手権に出場して私たち努力賞！」という連絡がありました。小学校に入ると、勇くんは君ちゃんから料理を教わり、一緒にキッチンに立つようになりました。やがてお味噌汁は勇くんが毎日担当することに。

ですから、勇くんは料理が得意。小学生とは思えない腕前のようです。それだけでは飽き足らず、親子クッキング選手権にまでチャレンジしていたとは！　その理由を君

ちゃんに聞くと、意外な答えが返ってきました。

「幸せになるためには、自分でできることは自分でするのが大切だからね」

そして、想像もしていなかったことを話し始めたのです。

「勇くんの父親に、再婚してほしいんだよね。いつまでも死んでしまった嫁の実家に住んでいたら好きな人とも出会えないでしょう？　もしも出会っていたとしても、それを言い出しにくいじゃない。彼はまだ若いんだよ。もう幸せになっていいんだ。そしてさ、勇くんも家族としてお父さんと一緒にいたほうがいいんだよね。親子で一緒に幸せを作っていくの」

驚きながらも私はうなずく以外にありません。だって道理が通っているのですもの。でも、もしも自分が同じ立場なら、君ちゃんのように全体のバランスを見きわめ、最適な判断がくだせるでしょうか。そんな考えを持てるでしょうか。私だったら孫を自分のもとに置いておきたくて提案なんてできないはず……。話の続きはまだあって、なんと勇くんの小学校卒業とともに熱海の家から出すことも決めていました。

勇くんの父親には先に熱海の家から出てもらい、まずは父と子の暮らしを始める準備を。そこで第二の人生を歩んでほしいと願っているのでした。私は言いました。

「ねぇ、勇くん本人にも選択をさせてあげて。君ちゃんから言われたから出ていくのではなくて。そして、いつでも帰ってきていいんだよって言ってあげてほしい」

君ちゃんは、「うん、わかったよ」と答えてくれました。まるで私をなだめるように。本当は君ちゃんのほうがずっとずっとつらいのに……。

君ちゃんは、勇くんのお父さんの健康のために、そして勇くん自身の健康のためにもお料理を覚えさせようとしていたのです。「市販のお弁当ばかり食べちゃ体に悪い!!」なんて誰かを責めるのではなく、得意な人、作ってみたい人が作る。それは勇くんの自立にも繋がっていたのでしょう。

小学校の卒業式の日に、勇くんは君ちゃんたちと一緒に過ごしたお家を出て行きました。

玄関から一歩出て、君ちゃんと勇くんはおでことおでこをくっつけてお別れの挨拶を交わしたそうです。勇くんは「君ちゃん、幸せになってね」と告げました。

君ちゃんは熱海の駅まで送って行かなかったのですって。家から送ってあげたかったから？　泣いちゃうから？　その理由は聞いていません。

でも娘の由紀子さんにはこう言いました。

「由紀子、ちゃんと約束を守ったよ」

死に顔を見たとき、不安そうな由紀子さんがいました。君ちゃんは、おでこやお腹を触って言ったそうです。

「由紀子、大丈夫だよ。私が責任を持って勇くんを育てるよ」

すると表情が変わって、穏やかなお顔に戻ったそうです。

君ちゃんはもうすぐ六七歳。

勇くん、自分、そして家族の幸せを一生懸命考えて出した結果です。最高の人生を作る君ちゃんは、これからは体を鍛えるのだそうです。もちろんお祭りには特別なメイクで決めて出演する予定。

＊＊＊

勇くん

元気ですか？

この本をいつの日かあなたが読んでくれる日がくると思っています。お寺に行けばいつも君ちゃんに甘えていた勇くんと会えていたのに、もうすっかり大きくなったのですね。勇くんの毎日が充実していることを祈っています。楽しいとき、うれしいときもあるけれど、人は寂しかったりつらかったり迷ったりすることもあるものです。

そんなときには思い出してほしい。あなたを愛している人がいっぱいいることを。そこで知ったこと学んだことを。それから、勇くんに会って自分の話を聞いてほしいって願う人がいることも。

私はあなたといつか一緒に満天の星が見える山に登ってみたいです。お母さんの星を見ながらおしゃべりできたら幸せです。

第2章

世界一美しいおむつ替え

はーちゃんとお母さんのこと

はーちゃんとお母さん

大胡田《おおごだ》亜矢子さん、愛称はーちゃん。

気弱に見えるのに、いざとなると誰よりも頼もしく強い彼女のアンバランスな魅力に惹かれます。そんな素晴らしく素敵な娘を育てた大石佳子さんに心から感謝の気持ちをお伝えします。きっと空の上でも応援してくださっていますよね。


二〇二二年三月末。数カ月ぶりに、はーちゃんの家に遊びに行くことにしました。川沿いを歩くと、ピークを少し過ぎたソメイヨシノ。

「あのときは、はーちゃんのお母さんも私の母も生きていたのにな……」

ひとりごちて桜を眺めるものだから、あれれ、ちょっと桜色がかすんで見えます。

はーちゃんのお母さんが亡くなったのは二〇二一年一二月。次いで私の母が二〇二二年一月。どちらも娘の子育てや家事、仕事を全力で応援してくれていた母たちでした。

何しろたまに会うと「まったく手のかかる娘たちよね」と二人は意気投合していました

から。

世界一美しいと思ったおむつ替え

ダイアログ・イン・ザ・ダーク（ＤＩＤ）を通して視覚障がい者と出会い、今では一日の大半を目が見えない人と過ごしている私ですが、仲間として、敬愛する友人としてお付き合いしている大胡田亜矢子さんもその中の一人で、二〇年来の仲になります。

音大出身の彼女の本業は、シンガーソングライター。ＤＩＤが短期開催だった当初はアルバイトとして関わってくれていました。一見学生みたいに初々しく華奢で控えめなのに、どっこい暗闇の中では、訪れたゲストを肝っ玉母さんみたいにリードしてエンタメの世界に巻き込んでいく。そんな彼女のアテンドネームは「はーちゃん」です。

どんな人も彼女の温かな人柄に魅了されます。当時のＴＢＳラジオの社長が、はーちゃんのアテンド（案内）でＤＩＤをご体験くださり、その結果このエンターテインメントは日の目を浴びることになりました。

はーちゃんは今では二児のママ。ご存じの方も多いと思いますが、お連れ合いは全盲の弁護士として売れっ子の大胡田誠さんです。

結婚を機に、ＤＩＤのアテンドを卒業したはーちゃんは、間もなくママになりました。初めての出産は二〇一一年の震災直後。里帰り出産で沼津の実家に帰ってはいたけれど、怖がりの彼女だもの、余震も続き不安はひとしおだろうと気になっていました。

ところが私の心配を覆すような明るい声で電話が！

「もしもし季世恵さん？　今日赤ちゃんが生まれました。女の子です！　母子ともに元気。来週に産院から実家に戻るので私たちに会いに来てね」

元気いっぱいです。のちに一万八千人以上の死者、行方不明者が出たことがわかり、福島第一原子力発電所はメルトダウン。私たちはその破壊力に打ちのめされている渦中でした。何もできない弱き自分を感じていた中で聞いた、その温かな声はまるでマリア様のようで、闇夜を照らす一筋の灯りに感じました。

私はさっそく、新しいいのちに会いに行くことにしました。

一年ぶりにお会いするはーちゃんのご両親にご挨拶をし、そして彼女の夫の誠さんに「おめでとう！」と伝えたら、いつもと変わらない優しい笑顔に照れくささがプラスされた表情で「ありがとうございます」と答えてくれました。

弁護士としてクライアントに温かく寄り添っている誠さんが、これからは父親としてもその成長を見守るのです。目が見えない中で司法試験に合格するには、言葉では言い尽くせないほどの努力があったことでしょう。そんな誠さんを支えてきた、はーちゃんが母親になった。こんなに素晴らしいことはありません。

リビングに通されるとすっかりママの顔になっているはーちゃんが、柔らかい声で赤ちゃんを紹介してくれました。

「遠くまでありがとう。この子がお腹に入っていました。名前は〝こころ〟です」

お母さんが早めの夕食を食卓に並べてくださり、私まで便乗して美味しいお料理をいただきました。ほどなく赤ちゃんがぐずり始め、はーちゃんが立ち上がって手でテーブルを触りながらベビーベッドまで移動します。そっと赤ちゃんを抱き上げ、肌着を脱がせておむつを指先と掌でチェック。視覚を使わない確認方法です。

「あれ？　まだ汚れていない。ミルクかな？」

粉ミルクの目盛りを計り、お湯を注ぎます。

「粉が、だまになっていないかな？」

産院で練習をしたのでしょうか。哺乳瓶をワシャワシャ振りながら音を耳で確認。

「よし、これで大丈夫だと思う」

そうこうしているうちに、こころちゃんはいよいよ本格的に泣き出します。真っ赤な顔をして怒っているよう。でもその表情はママやパパには見えません。はーちゃんは片手で抱っこをしながらもう片方の手で赤ちゃんのお口がどこにあるのか探します。ミルクを飲ますためには、お口の場所を探し当てないといけません。


このとき私は、ふと、はーちゃんのお母さんを見ました。するとお母さんも私を見ていたのです。二人とも同じ気持ちで目を合わせていたのがわかりました。

私たちは目だけで言葉を交わします。

「手伝わなくていいの？」

お母さんは静かに首を振りました。

「これからのために今は見守りましょう」

そのようにおっしゃっているように感じます。まるで、音のない世界の会話のようでした。

はーちゃんは赤ちゃんの柔らかい唇を指先で探し当て、もう片方の手で哺乳瓶を持ち、赤ちゃんの唇ではなく自分の指を目印にして、小さなお口に哺乳瓶の乳首をそっと差し込みました。赤ちゃんはやっとミルクにありつけたといわんばかりに、一生懸命ミルクを飲みます。

やがて眠くなり、うとうとし始めると同時に小さな体から大きなおなら。自分が出した音とは知らず、「せっかく寝ようとしていたのに、何この音?」みたいな驚き方で泣き始めました。泣きながら今度はうんち。

はーちゃんはおむつを外しました。そしてお尻についているうんちを手で確認しています。汚れている箇所が広範囲であることを手で察知し、お尻拭きシートで数回拭います。

私は「はーちゃん、まだここについているよ」と思わず声が出そうになりました。でもこのときも、はーちゃんのお母さんはじっと見守っているのです。何度も何度もお尻を触る。うんちも触る。お母さんは、孫と新米ママを眺めていました。

強くて優しいその姿を見ていたら、だんだん目頭が熱くなってきました。どれほど声をかけて手伝いたいと思ったことでしょう。けれどお母さんは見守っていた。見守る愛ほど深いものはありません。

私には四人の子がいるけれど、こんなに我が子のお尻を触っていた？　排泄物を触っていた？　いえ、むしろ指や手につかないように汚物として見ていたことに気がつきました。

はーちゃんは汚いものを触っているのではなく、我が子のおむつを替えると同時に排泄されたものを手で確認しているのです。きっと健康状態もわかるはずです。

目を使うことは便利だとは思う。スピードを伴うから。でもそれだけがいいとは限らない。

不便な中にある本当の豊かさを教わったのは私でした。

同時にこの豊かな子育てを、はーちゃん自身が価値あるものと信じてくれることを強く祈りました。

お母さんの上京

子育てはどんな人にとっても大変なこと。我が子を愛するがゆえに何でもしてあげたい。でもその気持ちと現実は離れていくことがあり、そうなると母親にとっては苦しみも増していきます。

当時、はーちゃんは母乳で育てたいと願っていましたが、実際にはミルクで育てていきます。大きくなってみると、なんであんなに母乳にこだわっていたのかと思うかもしれませんが、渦中にいればそれは大きすぎる悩みなのです。人間も哺乳類。お乳を飲ませることは動物的に自然なことなのかもしれません。

でも人は文明を持ち、さまざまな形でいのちを守り、生き永らえる力を持つことができました。粉ミルクもその中の大きな恩恵の一つです。それを享受していいのです。けれど、自分なりの納得とバランスを見つけるまで苦しむのが親というものなのだと、私自身の経験とともに多くのお母さんの心のケアをしてきて思います。

間もなく誠さんとはーちゃんは、二番目のお子さんを授かり〝響〟くんが誕生しました。こころちゃんは一歳四カ月でお姉ちゃんになったのです。

第二子を出産後、はーちゃんは産後うつになり、苦しい時期を経験しています。障がいがあってもなくても、産後うつは誰にでも起きる可能性があります。子育ては夫婦だけで成り立つものではありません。周りの人の協力が不可欠なのです。肉親だけでなくご近所も、友人も、ときには電車やバスや飛行機に乗り合わせた人にだって。

そう、本当は全ての大人の力が必要です。

はーちゃんのお母さんは娘を応援するために、沼津から東京にある大胡田ファミリーの家に暮らしの中心を移します。しばらくすると、沼津の家に残るお父さんもときどきやってきてサポートするようになりました。

はーちゃんは、あるとき、私にこんなことを言ってくれました。

「私ね、もう一人子どもを産みたかったの。今度こそ自分の力だけで子育てをしたいっていう願いがあった。親の力を借りるのではなく、自分でしてみたかったって強く思う私がいて……。でも今の私はこの経験を生かして、苦しんでいる人がいたら『無理しなくていいよ。人の力を借りていいよ』って伝えてあげたいと思う」

聞けば、赤ちゃんの爪切りをお隣に住む女性にお願いしたこともあったといいます。その方は二つ返事で引き受けてくれたそう。近所の方や保育園のママ友にも、フォローしてもらいました。

本当は、その方たちもはーちゃんからたくさんの何かをもらっているはず。そう思っていたら、はーちゃんのママ友が教えてくれました。

「大胡田さんが保育園に子どもたちを送ってくるとき、背中には下の子をおんぶして、上の子とは手を繋いで、長い道のりを歩いてくるんです。そのとき、親子でお話ししながら笑っている。私は自転車に子どもを乗っけて、園に送り届けてすぐバイバイだけど、大胡田さんは違っていた。他の子どもたちとも一緒に話しているんです。

愛にあふれているっていうのかな。園庭で挨拶すると、とびっきり素敵な笑顔で応えてくれる。そんな大胡田さんと、友だちになれてうれしかったんですよね。小学校では役員も引き受けてくれて、そのときの発言を聞いているとやっぱり愛にあふれているのですよ」

聞きながら、私にもその姿が目に浮かんできて何度もうなずいていました。

二人の子どもたちが保育園に入園してからは、目で確認する必要があるお便りや提出物は、はーちゃんのお母さんが担当。

障がいがあるから他者の力が必要なのではなく、はーちゃんのお家のように、本来子育ては親だけでするものではないのです。たくさんの関係性を持つことが大切です。

私自身もご近所さんにとても助けてもらっていました。子ども好きの高齢のご夫婦は「赤ちゃんを貸してくださいな。今日はカボチャを薄味に煮たから食べさせてあげる。あなたは少しお昼寝したら？　昨夜は夜泣きしてたものね」

なんて言いながら赤ん坊を抱き上げ連れて行ってくれるのです。

子だくさんのお宅に我が子が遊びに行くと、

「夕方まで外で遊んで汗をたくさんかいたから、うちの子たちと一緒にお風呂に入ったよ！　早めのお夕食も食べたから後はもう寝かせるだけで大丈夫」

ということも。その後、私が四人の母になったころには、今度は私が同じようなことをしていました。

今の時代の東京ではあまり見かけない光景ですが、はーちゃん夫妻は素晴らしいことにそれを経験している数少ない親なのです。誰かの手を借りることを経験した人は、必ず誰かに手を差し伸べる術を持てます。その結果「人っていいな」を知った人になれるのです。

やがてはーちゃんは、音楽家として活躍の場を増やしていきます。特に学校講演では音楽とトークを交えて子どもたちにたくさんのメッセージを伝え、ときには、いじめに苦しみ自殺を選んでしまった生徒が通っていた中学校でのワークショップも行いました。いのちの尊さを生徒が自ら考え対話する機会を作り、その中から出たワードを使ってはーちゃんが曲にする。こうしてはーちゃんにしかできない活動を増やし、子どもたちを育てているのです。

はーちゃんの力

そんな、はーちゃん家族に支えてもらう大きな出来事が私に起きたのは今から一一年前、二〇一二年のことでした。この日、私の勤務先であるＤＩＤの代表、金井真介

（現・志村真介）が講演中に突然倒れたのです。

病名は大動脈解離。発症と同時に亡くなる方が多く難しい病気ですが、一命をとりとめ救急車で病院に搬送されて緊急手術を受けました。

このとき、金井は看護師さんからコピー用紙を二枚もらい、両面四枚にDIDを継続するための情報を綴り、駆けつけた私にそれを手渡したのです。文末には自分がいなくなったとしても、目が見えないスタッフを守ってほしいとありました。

余談ですが、そのころ私は金井からプロポーズをされていました。しかし、それを受け止める力はなく、笑ってスルーしていたのです。金井は当時から多様な人が社会で活躍できるように、ダイバーシティの理解を世の中に広めるために走り続けていました。いつ倒れてもおかしくないような仕事をする人です。前夫を突然に亡くした経験のある私には、金井の生き方は不安そのものでした。

そんな私に勇気を与えてくれたのが、家族とそしてはーちゃんだったのです。

この日、私は1章に登場する柿沼忍昭和尚のお寺にいました。金井から「背中が痛いから、ちょっと病院に行ってくる」という連絡が入りますが、私は彼が講演中であることを知っています。これは大ごとだろうと、急ぎ熱海から新幹線に乗り東京に向かいました。

間近に見える初島は、前夫がダイビング中に亡くなったところです。島の方向を見て「金井さんを助けてあげて」と手を合わせました。

前夫は金井の良き理解者でした。もう一人の理解者であり、DIDの活動を学生時代から支えてくれている私の長男に、LINEで連絡をしました。医師である長男からは「おそらく大動脈解離だと思う」と返信があり、それに驚いている私に息子からもう一報が届きました。

「金井さんが手術で助かったら、家族としてうちに招いたらどう？　あんなに無茶な働き方をさせてはいけないし、術後の体調も心配だから。これからは家族みんなで応援しよう」

これには母も、そして他の子どもたちも賛成してくれました。

手術室に入る前、執刀医の説明で相当厳しい状態にあることを聞き、金井には「プロポーズをお受けします」と伝えました。

金井が倒れたことで仕事量は三倍に増え、翌日からまったく眠る時間のなくなった私に、はーちゃんから電話がありました。

「もしもし季世恵さん、金井さんが倒れたと聞きました。どんな状態ですか?」

手術は終わり、集中治療室にいることを伝えたところ、面会できるようならお見舞いに行きたいと言ってくれました。

「はーちゃん、来てあげて。とても喜ぶと思う。それから、私、金井さんと結婚しようと思う」

それを聞いたはーちゃんは、しばらく黙っていました。そしていつもとは違う低い声で
「……わかった。……うん、わかった。私も応援する」

意を決したような声で言うのです。このときのはーちゃんの声は忘れることはないでしょう。

数日後、はーちゃんとＤＩＤの元アテンドあっこちゃんと、最寄り駅で待ち合わせました。あっこちゃんもアテンドをやめた後、二児の母になっています。

久しぶりの再会。二人は私に抱きつき泣きながら、

「金井さん、生きていてよかった。助かってよかった」

と言います。面会時間になるまで駅でランチをとることにし、食後のコーヒーを飲んでいると、はーちゃんが、

「季世恵さん、私も応援するって言ったでしょう？　私、ダイアログ・イン・ザ・ダークに戻ります。もう両親に相談しました。母も応援してくれるって。だから安心して！　これからはずっと一緒にいるよ」

はーちゃんの応援とは、ＤＩＤのアテンド復帰を意味していたのです。そのために彼女のご両親まで応援をしてくださることになり、私は本当に泣きました。こんなにすごい人たちがいる。代表が大きな病で倒れ、経営が危ないときに、戻ってきてくれた。しかもはーちゃんのお母さんまで巻き込んで。お二人からもらった応援は、その後の支えになり今の私があります。

失敗は成功のもと

はーちゃんがアテンドとして復帰しました。

とはいえ、長く離れていたブランクがあります。照度ゼロの暗闇の中にお客様をご案内するには、まずアテンド自身がコースを覚える必要がありますが、この空間はかなり広く、シーンもいくつか変わるため迷いやすいのです。

アテンドとして復帰したばかりのはーちゃんも、ベテランとはいえ当然迷います。「ご案内中に迷ったとき、どうするの?」と聞いてみると、「あれ、ここはどこだろう? 次の扉が見つからない。みんなで一緒に探してくれる!?」と、明るく伝えながらお客様と探すのだと話していました。

失敗を開示し、ポジティブに周りを巻き込んでいく。ゲストにとっては、それがたまらない魅力に感じるのでしょう。まるで冒険もののアトラクション! 一致団結しての旅が始まるのだそうです。

はーちゃんは知っているのです。失敗を伝えることは容易ではないけれど、それによって自分を否定する人は、本当は少ない。それは他者を信じることにも繋がります。

本番前は「緊張する〜!」と震えているのに、人と出会ったらその出会いを心から大切にする。そんなはーちゃんは、家庭ではこんな感じです。

二人の子どもたちは目が見えるので、ママのお手伝いも積極的。買い物に一緒に行き賞味期限のチェックもします。

はーちゃんが洗濯物を干し、おひさまにあたった洗濯物を取り込むために、洗濯ばさみに手を伸ばします。しかし、干してあったはずの片方の靴下が見つかりません。足元を一生懸命に手で探すけれど、風に飛ばされて移動しているのです。そこで、子どもたちが「ここにあるよ」と見つけます。はーちゃんは「見えるって便利だねぇ」と笑います。

こころちゃんはキッチンに立つのが早く、卵焼きが得意。「ママより上手く焼けたよ」と得意げです。子どもにとって、何でもできる母親よりも、できないことだってあると見せてくれる存在は貴重です。自他ともに完璧な人を求めず、ありのままの存在を受け入れることができるからです。

世界中探しても完璧な人は存在しない。けれど尊敬に値する人がいる。家庭でそんな関係を築く大胡田家の人々は、今の日本に最も必要なのでは？　とすら思えてきます。

あんみつのきれいな食べ方

気弱に見えて強くて優しくしなやかで、ありのままの心を持ち続けている中に見えてくるのが、はーちゃんのお母さん大石佳子さんの存在です。

佳子さんには三人のお子さんがいます。長男。そして、双子として生まれた次男とはーちゃん。双子の二人は低出生体重児で生まれてきたけれど、はーちゃんだけが未熟児網膜症になり、視力を失いました。

私と出会ったころは強くてたくましく明るいお母さんのイメージでしたが、はーちゃんが幼いころは、目の見えない娘を案じて心を痛めていたと聞きました。でも、あるときその不安を払拭する機会を得ます。

それは、全盲の女子中学生があんみつを食べている姿を見たとき。きれいな食べ方に感動し、「娘もきっと大丈夫」と前を向くことができたのだそう。

目を使わないで、あんみつを食べることを想像してみてください。

あ、見ちゃだめですよ。目を閉じて。器のどの辺りに何があるのかわかりますか？上に乗っているのは、丸いあんこ。その下にはツルツル滑る寒天。あちこち転がるエンドウ豆。缶詰のミカンやサクランボ。得体のしれない柔らかいもの、それは求肥です。さて、スプーンを持ってすくってみましょう。あれ、忘れていませんか？

器の近くに黒みつがあったはず。まずはそれをかけなくては。でも、みつは入れ物にどのくらいの分量が入っているのでしょう、器に入れるみつの適量がわからない。難しいでしょう？　あんこだって他の具材に絡めないと甘すぎるだけです。スプーンですくえたかどうかもわからないけれど、とにかく口に入れてみる。残念、何もスプーンに乗っていません。もう一度チャレンジ。思った以上に大変そうでしょう？

はーちゃんのお母さんは、それを知っているから、女子中学生のきれいな食べ方に感動したのです。どのようにしたらこの女の子のようになれるのだろう。このとき、はーちゃんを育てる指針が見つかったのかもしれません。

じっくり向き合い、ひな鳥を自分の羽の中に入れて守りながらも、ときに厳しく育てたのだと思います。

はーちゃんにこんな質問をしたことがあります。

「双子のお兄ちゃんは目が見えて、自分は見えない。それはどう思っていたの？」

「ずるいって思っていたよ。私のおやつもこっそりお皿から持っていったんだって。私は気づけないのだもの、悔しいでしょう？　でもね、きょうだい三人で一緒によく遊んだよ。楽しい時間もいっぱいあった。

そう、そうだな……隣の芝生は青く見えるってことわざがあるでしょう？　目が見える兄をうらやましいと思っているのって、そのことわざに似ているのかなって思う。私は見える世界を知らないし、兄たちも私の世界を知らないじゃない」

ことわざに喩えたはーちゃんの考えに、私は驚いてさらに聞いてみました。

「どうやってそういう気持ちになれたの？　隣の芝生だけでなく、自分の芝生も本当は青いってことを知れたのでしょう。お互いの世界がどっちもいいものだってことだよね？」

はーちゃんはしばらく考えてから

「母が、私のことを特別に愛してくれているって思っていたからかな」

と、少し笑って答えてくれました。

母との別れ

それほどまでに、はーちゃんの支えになっていたお母さん。

はーちゃんのコンサートに、私も母を含め家族みんなで聴きに行く機会が何度かありました。お母さんはニコニコしながらはーちゃんを見守っています。コンサート終了後に帰りが一緒になると、はーちゃんのお母さんと私の母は互いに近づいて娘のことを話し、意気投合をしていました。

あのころ、二人ががんを患うなんて思ってもいなかった。

はーちゃんのお母さんは大腸がんを患い、二年半の闘病生活を送りました。自分の病気のことよりも娘の暮らしを心配し、みんなのために治療を続け、心を尽くしてきたお母さん。はーちゃんは、そんなお母さんに寄り添うことを決めました。

「無理をさせちゃった。きっと私のせいだって思って……。でも落ち込む暇なんてないよね。そんな時間より母の不安な気持ちを聞いてあげるほうがいい。介護はしてあげられないから、私ができることはずっと母の心に寄り添い伴走すること」

はーちゃんは、お母さんの痛みや弱音に耳を傾けていたのです。

いよいよ動けなくなったお母さんの今後を考えるために、沼津に暮らすお兄さん夫婦と、お父さん、はーちゃん、誠さんで話し合いの場を持ちました。お母さんは沼津に帰ることになりました。このとき、はーちゃんは、

「私ができることは精一杯やったよ。これからは、お母さんは最期の時間を沼津でゆっ

くり過ごす。私はね、両親の力を借りずに四人家族としての暮らしを築いていかないと、って思ってる」

と話していました。

このころ私は、はーちゃんの子どもたちが通う小学校の学校講演の講師として招かれていました。テーマはダイバーシティ。はーちゃんと二人で対談をして、大人だけではなく子どもたちにもわかりやすく伝え、その後、はーちゃんの歌とピアノの演奏会をすることになりました。

打ち合わせのたびにお母さんの容体を聞いてみると、お別れが間近に迫っていることがわかります。私は、二人の子どもを連れて沼津に帰省することを勧めました。

「はーちゃん、今、帰らないと」

「でも、子どもの学校があるし……」

はーちゃんは何かを悩んでいます。

「学校、休んでいいよ。学校は毎日やっているけれど、お母さんにもう会えなくなってしまう。今行かないと後悔する。お母さんに会いに行って」

はーちゃんは、子どもたちを連れて実家に向かいました。

二日後、お母さんは旅立ちました。沼津の自宅でみんなに見守られながら。

「母、私が沼津に帰ってから口をきいてくれなかったの。父や兄たちとは話をするのだけれど私とはしない。亡くなる前夜は私が母のベッドの近くで様子を見ていたの。夜も遅くなり私がうつらうつらしていたら、『もう寝てきなさい。大丈夫だから』って言うのね。

朝になって、母のそばに行こうとベッドの近くまで歩いたら、母がね、ベッドの柵を手で叩いたの。近づいていったら私の手をとって、呼吸も荒いのにやっと聞き取れるような声で、『キヲツケナ…ココニ…サクガアルヨ…。カオ…ブツケナイヨウニ』って。

それまで口をきいてくれなかったのだけれど、やっぱり私のことを案じていた。ずっと気にかけてくれていたんだよね。いつもの親子に戻れたの」

はーちゃんのお母さんはその数時間後に亡くなりました。最期の言葉はやはり娘を慮るものだった。

はーちゃんと私の学校講演の日が、お通夜の日と重なりました。私は一人で講演をすることを覚悟していたのですが、責任感の強いはーちゃんは新幹線に乗って沼津から帰ってきたのです。

「だって、お母さんが怒るもの。しっかり歌いなさい。私のことで休んだりしたらダメだよってきっと言うと思うから」

この日、はーちゃんの話もそして音楽会も素晴らしいものでした。講演を終えて役員の方や先生方にご挨拶をし、はーちゃんと私は一緒に駅の改札口に向かい、改札口でギュッとハグをして沼津に戻る彼女を見送りました。

次いで、葬儀とラジオの収録が被りました。葬儀を終えたその夜に、彼女はダイアログの会場に駆けつけてくれました。年越しラジオを暗闇の中で行い、はーちゃんは一青窈さんと歌ったのです。近くにお母さんを感じます。温かい気配が漂っていました。

三月。三カ月ぶりの再会。私も母を看取り、二人とも母のいない初めての春を迎えました。はーちゃんと同様に、私の母も亡くなる前の数日間私と口をきかなかった。あんなに一緒に過ごしていたのにどうしてなのかわかりませんでした。桜を見ながらはーちゃんの家に向かう途中でふと感じたこと。

「そうか、はーちゃんのお母さんも私の母も、どうしていいのかわからなかったんだ」

まだ生きて、娘のために動いてあげたいと思っていた二人の母は、自分がいなくなることで、この娘はどうやっていくのだろうと考えあぐねていたのでしょう。

はーちゃんが作ってくれたお昼ごはんは、シーフードリゾットとポテトサラダ。優しいお味が、体と心を温めてくれます。食後にはコーヒー豆を挽いてくれて美しいカップでコーヒーをいただきました。私は桜を見ながら感じた先ほどの話をしたのです。するとはーちゃんが言いました。

「体がつらくて身の置き所もないほどなのに、私は自分に声をかけてくれないことを憂いていた……。なんかもう恥ずかしいよね。こんな大変なときになんてことを求めちゃったんだろう。馬鹿だな私」

そんなことを話していたら、はーちゃんがスマホの写真を出して私に見せてくれました。

「これね、子どもたちに作ったお弁当！」

画像を見ると、彩りのよい栄養バランスもとれた美味しそうなお弁当が映っていました。「すっごく美味しそう」

「この写真、沼津にも送ったの。そしたら私が作ったことを信じてくれないんだよね。この弁当は、本当はこころが作ったんだろう？　って言ってるの。失礼しちゃう!!」

思わずぷっと吹き出しました。

はーちゃんは、泣いて笑って、怒って笑って。誰かを想って泣いて笑っている。お母さんからもらったバトンをしっかり受け継いで。

第3章

姉妹のレシピ

希実さん麻実さんと、おばあちゃんのこと

菅野フミさんとそのお孫さんたちとの出会いは一通の手紙から始まりました。封筒は厚みがあり、おそらく便箋一〇枚は超えるであろう重さ。記された内容が簡単ではないものと想像がつきます。差出人の名前には記憶がありませんが、住所は福島県いわき市とありました。私は七カ月前にいわきに行ったことを思い出しました。

菅野さんからの手紙

志村季世恵様

（前、中略）

さて、私は志村さんの講演で、このようなことを知りました。忘れてはいけないと思い、慌てて帳面を取り出しメモを取ったのですが、内容に漏れがありますのでご容赦ください。そのときの記録は――

・地球上に家族という単位ができてから五〇〇万年たっている。
・長い年月の中で子どもたちを取り巻く環境は、さまざまに変化してきている。

・今の時代のように母親一人で長時間子どもを育てる育児は五〇〇万年の中で初めて。
・いくら子どもを愛していたとしても、育児を楽しみたくても、お母さん一人で頑張るには負担が大きい。
・近所や身近にお子さんを育てている人がいたら温かな声かけを。孤独感を減らすことにも繋がる。
・昔は子ども一人育てるには、村人一〇〇人の力が必要と言われていた。
・大人たちはそれぞれの場で一〇〇人のうちの一人になろう。やがて子どもたちが成長したとき、生まれてきてよかったと思うことができるように。

ここまでは必死にメモを取りました。でも途中から文字が書けなくなりました。涙が出ておりました。亡くなった娘に詫びたいと思いました。

娘が夫を亡くし一人で子育てをしているときに、私はといえば同じ時期に脳卒中で倒れた爺ちゃん（夫）の世話ばかり焼いて、娘や孫を放ってしまいました。それを大変悔いております。たった一度、一方的に志村さんのお話をお聞きしただけですが、直接お話がしたくなりました。できれば、もう一度お話をお聞きして学ばせてください。

私の孫は現在一四歳と一〇歳です。

孫が五歳と一歳のときに父親が交通事故で亡くなり、八年後には母親である私の娘が病気で死亡しました。現在二人を育てているのは父親の兄夫婦です。静岡県浜松から一時間半かかるところに暮らしています。本当なら私が引き取るべきところ、老婆には不可能だと言われて、こうなってしまいました。ですがこの夫婦には子どもがいません。子育ての経験がない中で、娘や婿が遺した財は兄夫婦が管理し、孫たちは不憫な暮らしをしています。

静岡の家ではお小遣いが毎月五〇〇円。電話は家の電話で伯父か伯母がいるところで使用する。一人での使用は禁止されておりまして、月に三回までと決まっています。私が電話をしても一〇分以上は話せません。孫たちはお彼岸に合わせて墓参りで東京に来ることになっております。

私も孫も、それぞれの場から上京する予定です。大変不躾なお願いではございますが、そのときに二人の孫と私に会ってもらえませんでしょうか。

（後略）

菅野さんにお返事をし、三人とお会いすることにしました。二〇〇四年三月二一日、土曜日のことです。中学二年生の村木希実《のぞみ》さん、小学四年生の村木麻実《あさみ》さん。そしておばあちゃんの菅野フミさん。おばあちゃんは八〇歳でした。

春のお彼岸

三人は東京で待ち合わせてそのますぐに、「癒しの森」にやってきました。癒しの森は、薬剤師である前夫とともに開設した漢方薬局と整体の治療院。私はセラピーやカウンセリングを担当していました。

少し緊張をしているように見えた姉妹に向かい、先に私が自己紹介をすることに。

「はじめまして。希実さん、麻実さん、私は志村季世恵と申します。お二人は今日こちらに来たの？」

私の問いかけにお姉さんの希実さんが答えようと口を開いたところ、おばあちゃんのフミさんが先に話を始めました。

「はい、今日東京に来ました。でもこの子たちはそもそも東京生まれで、一年前までは杉並で暮らしていましたから私よりずっと東京のことを知っています。でも今は私がいるいわきより田舎に行ってしまって」

「おばあちゃん、いつもとちょっと話し方が違う！　それになんで私たちが返事する前に話してるの？」

麻実さんがちょっと口をとがらせています。おばあちゃんがキョトンとした顔をしていると
「私、おばあちゃんが標準語で話しているの初めて聞いた！」

と、希実さんが笑い出しました。

「あれ、あんただぢ、失礼だね」

おばあちゃんが怒った顔をしながら、やっぱり笑っています。私はそんな三人を見守りながら温かい飲み物を勧めました。笑っているものの姉妹の表情はすぐに硬くなるので、その緊張をほぐしたかったのです。

「お話をお聞きする前に三時のお茶にしませんか？　紅茶、ミルクティー、ココア、体が温まる癒しの森オリジナルティー、何がいい？　今日はクッキーもあります」

「クッキー、久しぶり。ココアもミルクティーもその存在を忘れていた！」

姉妹が嬉しそうな声をあげてくれました。おばあちゃんの菅野さんは、「かわいそうに。普段何を飲んでいるの？　おやつはないのかい」と顔を曇らせます。お茶を飲みながら、姉妹は少しずつ打ち解けてくれて、自分たちの名前はさん付けではなく、希実ちゃん麻実ちゃんと呼んでほしいというリクエストもしてくれました。早速ちゃんで呼ぶと表情が和らぎ、今の悩みやお母さんとの思い出を話してくれるまでになりました。三人は二泊三日で東京に滞在するらしく、翌日はお父さんお母さんが眠る墓地のお掃除をする予定だそうです。

次の日の午後、おばあちゃんから電話がありました。

「墓参りが終わりました。孫たちが志村さんともう一度会いたいと言っているので、明日帰る前に伺ってもいいですか？」

癒しの森の予約がすでにいっぱいだったので、お昼休みに来てもらうことにしました。

誰もいない昼休みの待合室から庭を見るとミモザが満開です。私は入口のカギをかけずにドアを開けて二階に上がり、やかんに火をつけました。菅野さんたちとの約束まであと一五分ほどあります。少し何か口にしようかと冷蔵庫を開けた途端にチャイムが鳴ったので慌てて下に降りると、菅野さんが待合室の床で風呂敷を広げています。見るとお弁当を四人分持ってきてくださっていたのです。

「こんにちは、今日もわがままを言ってすみません。季世恵さん、お昼を食べていないでしょう？　私たちも食べていないので、少しですが食べるものを買ってきました」

「私も一緒に？　お気遣いをありがとうございます。でも……」

「みんなで食べると孫たちも喜びますから。それにここの待合室の木の床がピカピカできれいなので、ここで食べたら気持ちよさそうと思いまして。ただ量を間違えてしまいました。この子たち食べ盛りなのに年寄りの感覚で……足りなさそうです」

おばあちゃんは申し訳なさそうな顔をしています。

春とは言え、まだ床に座るのは寒いので、二階のリビングに場所を移すことにしました。「二階部分は家族のスペースなの。上にあがってお昼にしませんか？」

三人はうれしそうに声を弾ませて返事をしてくれました。

お弁当は、太巻き寿司。量は確かに少ない感じです。そこでもう少しお腹が満たされるように野菜の入っているカゴからジャガイモと春キャベツを出して、お味噌汁を作ることにしました。希実ちゃんが慣れた手つきでお野菜を洗ってくれます。麻実ちゃんはキャベツを数枚剝いて私に渡してくれました。

きっとお母さんが生きていたときには、お台所に子どもたちと並んで立っていたのでしょう。私の娘が使っていた、子ども用の包丁を麻実ちゃんに渡したらキャベツを切ってくれました。

太巻き寿司とお味噌汁。そして私の母が今夜の夕食にと作っておいてくれた大根と鶏肉の煮物もテーブルに並べてみんなでお昼ごはん。

姉妹は大根と鶏肉が気に入って、作り方を聞いてくるのです。そこで私の母を呼んでレシピを姉妹に伝えてもらいました。するとおばあちゃんもメモを取ります。

「お母さんと一緒にお料理を作っていたの？」

と尋ねると、二人は大きくうなずきました。おばあちゃんは言います。

「あんたたち、これからは自分たちでごはんを作って、伯父さん、伯母さんにも食べてもらったらどうかね？　お小遣い増やしてくれるかもしれないよ。まったくあの夫婦ときたら父ちゃんと母ちゃんの財産を全て巻き上げて、成人するまで管理をするなんて言ってるけれど本当かどうかなんてわかったもんじゃない」

語気が強くなってきました。姉妹はお箸を置いてうつむいてしまったので、

「菅野さん、お話は後でゆっくりお聞かせくださいね。ところでお味噌汁のお味はいかがでしたか？」

とお伝えしました。菅野さんは言いたいことがたくさんあるのでしょう。そのお気持ちはよくわかります。でも、私の投げたボールを受け取ってくださり、

「えっ⁉　あっ、美味しいです。ジャガイモが入っていたので太巻きが足らなくても腹持ちがいいですね」

と話題を変えてくれました。姉妹もほっとした顔になりお箸を持ち直しています。

最大級の愛

お昼ごはんを食べ終えたので、お茶を淹れて用意していたケーキをお皿に移しました。そして姉妹にこんな質問をしてみました。

「今回、私のところに来てくれたけれど、何かそれについて思っていることはある？」

希実ちゃんがおばあちゃんを見ながら話します。

「東京であんたたちを助けてくれる先生がいるから、お墓参りのときに会いに行こうって言われてきました。助けてくれるってどういう意味かなって思っていました。伯父さんの家以外に私たちが住めるところはないし。今でもお母さんに会いたくて泣いちゃうときがあるけど……。でも……もう会えない。助けるってどういうことかなって」

希実ちゃんは今にも泣きそうな顔をしています。麻実ちゃんがお姉ちゃんの手をギュッと握りました。

「希実ちゃん、話してくれてありがとう。そうだね、助けるってどういうことかな。今、伝えてくれたことをどうやって解決していくか、四人で話し合えたらいいね。おばあちゃんがなぜ私のところに二人を連れてきてくれたのか聞いてみようか？」

と、話を菅野さんに振ってみます。

「季世恵さんは、子どもを育てるには大勢の力が必要って教えてくれました。親や祖父母、親戚の力も。そして近所や学校の先生。そして他に縁のある人も。その力を孫たちにもらいたいです。できれば孫を引き取ったあの人たちにも」

「希実ちゃん、麻実ちゃん。そう、私ね、いわき市に行ってそういうお話をしたの。私も親以外にたくさんの人の力を注いでもらって大きくなったの。私の子どもたちもそうだよ。あのさ、子どもにとって大人の存在って何だと思う?」

二人は一生懸命考えています。希実ちゃんが小さな声で話し始めました。

「麻実は小さかったから覚えていないけれど、麻実が肺炎になって入院したことがありました。お母さんが付き添いで家にいなくて……。夜、寂しくて泣いてしまったら、お父さんが抱っこしてくれて、子守歌を歌いながら、『お父さんもお母さんも希実が大人になるまで、ずっとそばにいるよ。お母さん、今夜はいなくても心はここにもいるんだよ。だから安心して眠りなさい』って言ってくれた。ずっとそばにいるって言っていたけど……だけど……交通事故で即死だったの。

お母さんは優しくて、いつもニコニコしていました。ときどき私や麻実を怒ったときもあったけれど、でもそれは本当に私たちが悪いときだった。病気になって、だんだん起きるのが大変になってきても、ごはんの支度をするときは起きてきて作ってくれていました。麻実や私も手伝うようにして三人で作って笑いながら一緒に食べていたな。そのうちお母さん、痛みがひどくてごはんも食べられなくなって、どんどん痩せてしまって。

入院することになっておばあちゃんが来てくれたの。最期は麻実が作れるようになった卵焼きを病院に持っていったら『美味しいね。美味しいね』って食べてた。でも三日後に病院の先生から、お母さんが危ないですって呼び出しがあって、いつもお世話になっていたお母さんの友だちに病院に連れて行ってもらったの。

酸素マスクをつけたお母さんが、ロッカーを開けてみてごらんと言って、自分で編んだ帽子を麻実と私に渡してくれて、『これは少し早いクリスマスプレゼントだよ。お母さん長生きできなくてごめんね。でもあなたたちを愛している気持ちは宇宙一だから、それを信じて』と言ってた。『もう少ししたらお父さんとお母さんが会うから、そしたら最強の力で守ってあげるから』って」

希実ちゃんは声を詰まらせて泣いています。すると麻実ちゃんが言いました。

「それからまだあったよ。ちゃんと勉強して本もたくさん読んで知識をつけなさい。そうしたら自分に力がつくよって」

お母さんは、どれほどつらかったことか。娘たちが自分で生きる力をつけるために言葉を選び、そしてその愛を懸命に伝えていたのです。

「お父さんとお母さんから大切なことを教えてもらってきたんだね。宇宙一素敵な人だね。お母さんから教わったこと、私もその通りだと思う。こうしてお話しするとお母さんからもらった大切なこと思い出せるね。それは二人の一生の宝ものになると思う」

麻実ちゃんが「財産みたい⁉」と言います。

「そう、財産はお金だけではないの。今日わかった二人の財産はね、お父さん、お母さんからもらった最大級の愛。何歳になっても自分を守り育ててくれる。無限に増やしていけてそして誰にでも分けてあげることができる愛なの」

お姉ちゃんの希実さんは、お父さんとお母さんからもらった宝ものを思い出していました。その中から、希実ちゃんの最初の質問だった「助けるってどういうこと」の答えが見つかるかもしれません。

帰り際、姉妹は、「伯父さんたちと仲良くできない。話をしようとしても、二人と何を話していいのかわからない」と言いました。特に伯母さんは台所に立つと「今夜は何を作ったらいいのだか」とため息をつくらしく、二人は自分たちがいるからだと気にしていました。姉妹も、そして伯父さん夫婦も互いの生活の基盤が変わったことに違いはありません。

まだ中学生、小学生の二人が見知らぬ土地で、コミュニケーションを交わすこともままならない伯父夫婦と暮らすのは、大変なことです。でもそれは、お互いにそう感じているのかもしれません。

次に会うのは、秋のお彼岸。

それまでに何か助けになるような考えが湧くといいのですが。私は二人に「秋のお彼岸までに、伯父さんと伯母さんの意外な一面を探してきてみて」と伝えました。好きなところや、嫌いなところではなく、へぇ！　こんな一面もあったのかというような意外なところです。

意外な一面

三週間後に希実ちゃんから手紙が届きました。

季世恵さん、この前はありがとうございました！
麻実も私も久しぶりに東京に帰れて気分転換ができ、気持ちが明るくなりました♡
おばさんとおじさんは私たちが東京に行くと嫌な顔をします。帰ったその日の食事はワカメと豆腐のお味噌汁とお漬物とネギと納豆とごはんという、ダイエットにぴったりな食事でした。見せしめだと思うくらい。でも、四人とも同じごはんだからそうではないと思うけれど……。

もしかしたらおばさんは料理が苦手なのかもと麻実と考えて（本人には言っていません）、おばあちゃんが言っていたように翌日の夕食を私が作ってみました。

と言っても私のレパートリーは四つ（少ない！）。

作ったものは、チャーハンとニラともやしの中華炒めです。おじさんが「ビールに合うな」と喜んでくれてよかったです（これは意外なところ!!）。勝手なことをしたって思われたかもと心配でしたが大丈夫でほっとしました……。

冷蔵庫を見たら、玉子、ニラ、もやしがあったので、それを使ってもいいかとおばさんに聞いたら、すんなりいいよって言われました（これも意外！）。チャーハンに使ったハムはお小遣いで買いました。冷蔵庫になかったからです。お母さんはチャーシューを作ってくれていたので、それをチャーハンに使っていたのですが。作り方聞いておけばよかった！

今から秋のお彼岸のことを言っても迷惑かもしれませんけれど、この次お会いできるときもお昼休みがいいなって思ってます。
今度は季世恵さんのお料理を教えてください。

村木希実より

姉妹は私と会っていることを秘密にしているので、手紙を読んでもお返事はこちらから書くことはできません。私は菅野さんにお手紙を受け取ったこと、そして秋もお昼休みにお会いしましょうと伝言を依頼しました。

その後、菅野さんは孫のことが心配で希実ちゃん、麻実ちゃんがいる家を訪ねたそうです。二人の今の暮らし、そして将来が心配だったのでしょう。伯父さん夫婦は二人の未来をどのように捉えているのか。進学、就職、そのための準備などを直接聞きたかったと言っていました。転校先の中学校の先生は、希実ちゃんは学年一の成績なのでこのまま伸ばしてあげてはどうかと言われたようです。

菅野さんは、それを聞いて大学進学を意識できるような高校に入れてあげてほしいと伝えますが、伯父さん夫婦には子どもがいないため、進学の話を耳にしても明確な考えが浮かばないと困った顔をしていたそうです。

もう一つ、新しいこともわかりました。希実ちゃんたちのお父さんは、中学生のころ重い腎臓病を患い、高校生になってから腎臓移植を受けています。ドナーは兄である伯父さんでした。

秋のお彼岸

庭に桔梗の花が咲き秋が訪れているものの、この日は気温が高く汗をかきながら姉妹がやって来ました。手には風呂敷包みを抱えています。少し遅れて菅野さんが息を切らしながらやって来て、「この子たち、足が速くて追いつけません」と言いながら風呂敷をほどき中身を見せてくれました。手作りのおはぎが箱の中にきれいに並んでいます。

お昼ごはんは、簡単に食べられるようにサンドイッチとガスパチョにしました。二人は冷えたトマト味のスープが気に入ったようで、伯父さんの家の畑にもトマト、キュウリ、ピーマンなら山ほどあると喜び、ガスパチョの作り方を聞いてメモを取ります。
食後に、伯父さん夫婦に作ってあげたチャーハンの話になりました。機嫌の悪かった二人にどうしてごはんを作ろうと思ったのか尋ねてみたところ、美味しいものを食べたほうが気分もよくなると思ったのだそうです。

伯母さんは「掃除は得意だけれど料理を作るのはあまり好きではない」と後から話してくれたそうで、この日以来、ときどき姉妹が台所に立つようになったようです。自分たちを嫌っていたのではないことを知り、安心したのでしょう。

ここをきっかけに、私はお父さんの腎臓移植の話をしてみました。二人は驚いて、おばあちゃんに確認します。

「私もびっくりしたんだよ。子どものころに腎臓が弱かったと聞いたことがあったけれど、移植していたなんて」

麻実ちゃんがほっぺを赤くして言います。

「伯父さんはお父さんのことが好きだったんだね。お母さんも伯父さんに感謝していたんだね。そして伯母さんも知っているんだ。知らないってよくないこともあるね。これも意外だね！」

二人とも賢い子です。私の意図をすぐに理解します。

姉妹が相続した財産を伯父夫婦が管理しているのも、おばあちゃんが心配しているような不正があるのかはわかりません。事実を確認することなく、想像で話をしているうちにそれが真実にすり替わるのは、幸せから遠のく考え方です。

年に二回しか会うことができない中で、私ができることは、他者の噂話や自分の想像に呑み込まれる前に、ニュートラルな気持ちで考えることを知ってもらうこと。そして亡くなった両親から「目では見えない大切な贈り物」を受け取ること。

「季世恵さん、お父さんの子ども時代を考えてみたら、子どもを育てるには一〇〇人の大人の力が必要という意味の中に、伯父さんの腎臓をもらったことも入っている？」

と麻実ちゃんがびっくりした顔で言うのです。

「そうだね。お兄さんである麻実ちゃんたちの伯父さんは、成人して弟に腎臓を提供したのね。それはいのちをかけた大きなことだと思う。もしも伯父さんがいなかったら、あなたたちは生まれてこなかったかもしれないから」

私が話していると、

「いのちの恩人なんだね！」

と麻実ちゃんが大きな声をあげます。

「そう！　本当にいのちの恩人ね。私も伯父さんに感謝したいな。だってこうしてあなたたちに会えたのだものね」

麻実ちゃんがさらにほっぺを赤くして小さく万歳しています。

おばあちゃんは、神妙な顔で合掌。

希実ちゃんは涙を目にためていました。


「伯父さんがお父さんを助けてくれたように、二人の記憶の中にも、何人もの人が関わってくれたことがあると思うよ。今日はこういうのをやってみようか」

私は画用紙を一枚ずつ二人に渡して、その間に色鉛筆やクレヨン、カラーペンが入った箱を置きました。

画用紙の真ん中に自分の絵を描いてもらう。次いで自分を大切にしてくれた人。助けてくれた人を自分の周りに書き込んでいきます。助けるという言葉は最初に菅野さんが言っていたのですが、言葉をもう少し広げてみました。そして分類もしてみることに。

①自分の頭（知能や知恵、学習面など）を育てることに関わってくれた人。
②自分の心を育てることに関わってくれた人。
③自分の体を育てることに関わってくれた人。
④自分に感動を与えてくれた人。
⑤自分に生きる力を与えてくれた人。
⑥人以外に自分に影響を与えてくれた何か。

二人は最初、なかなか思い浮かばずにいましたが、希実ちゃんが可愛いイラストも加えて画用紙に書き込み始めたら、どんどん浮かんできた様子。それにつられて麻実ちゃんもさまざまな色のクーピーや色鉛筆、マジックを使って記入していきます。

なんとおばあちゃんも「私にもやらせてください」と画用紙を持って椅子に正座して記入しています。

そして完成後、おはぎをいただきながらお互いに発表することにしました。

画用紙の中の希実ちゃんの周りには三八名の人が存在していました。

①から⑤の全てに入っていたのはお父さんとお母さん。次いでおばあちゃん。ご近所さんの中にも自分を育ててくれている人が登場します。学校の先生やお母さんの友人。図書館司書。塾やスイミングスクールの先生。そして友だちの名前。好きな歌手の歌。本。ドラマ。

麻実ちゃんは二四人。お姉ちゃんが書いた人と同じ人も登場していますが、眉毛の立派な大きな犬が描かれています。麻実ちゃんは犬が好きで小学校の近くにあったお宅の犬を、門のすき間から手を入れて撫でていたそうです。

お母さんが亡くなり伯父さんの家に引越すことが決まったとき、いつものように門のすき間から鼻先を撫でて、犬にお別れを言いました。庭の奥でそれを聞いていた女性が門を開けて、散歩に一緒に行こうとリードを持たせてくれたそう。犬の名前はマユゲ。

マユゲはお引越しの日に麻実ちゃんの顔がびしょびしょになるほど舐めて、車が出発すると「クーン」と鳴いていたと教えてくれました。

話を進めるうちに姉妹に気づきが訪れます。お父さんやお母さんだけでなく、自分を取り巻く人たちがどれほど愛を注いでくれたのか。自分たちのように親が死んでしまっても、もしくは病気や障がいがあっても、与えられた愛を感じることができたならきっと大丈夫なはずだと。

おばあちゃんの菅野さんも泣きながら発表してくれました。画用紙には「④自分に感動を与えてくれた人」「⑤自分に生きる力を与えてくれた人」の中に、亡くなった娘夫婦と希実ちゃんと麻実ちゃんが記されています。

最後には、自分たちも誰かの役に立っていることに気づいたのです。

姉妹のレシピ

二回目の春のお彼岸がやってきました。この日の予約は最後の時間だったので、お話が終わってから夕食を一緒に作る提案をしました。

メニューは二人に決めてもらうことにしたら「酢豚！」と希実ちゃんが言うのです。予想していたものとちょっと違っていました。パスタやハンバーグかと思っていたから。

「この前チャーハンを作ってあげたとき、伯父さんが酢豚の話をしてたの。東京に遊びに来たときに家に泊まったんだって。そのとき、お母さんが酢豚を作ったんだって。『あれはうまかったな』って言ってた。なので、今日は酢豚の作り方を覚えて帰りたいです」

するとおばあちゃんが興奮して叫びました。

「それは私が信子に教えだやづだ！」

麻実ちゃんが笑いながら、

「おばあちゃん、すごい大きな声！　本当は、私はお母さんが作ってくれたグラタンが好き。でも酢豚も確かに美味しかったからそれでもいいや」

と言ってくれたので、おばあちゃんを先生にして酢豚を作ることになりました。

四人でお買い物。そして食材を切ったり、下味をつけたりします。

お肉は安価なものがいいとおばあちゃんのアドバイスがあり、豚バラ肉の薄切りを購入しそれを重ねてブロックのように四角にします。それを片栗粉でまとめてから揚げて、親子二代の酢豚が完成しました。味見をしたらとても美味しいのですが、姉妹はちょっと首を傾げています。

「なんだろう。味と匂いが違うの」

おばあちゃんがショックを受けて、椅子に座って黙ってしまいました。何が違うのか聞いてみると、中に入れたものはお母さんの酢豚と一緒。片栗粉のつけ方も同じ。だけど違う。

「もしかしたらお母さんは黒酢を使っていたのかな？」

と聞いてみました。二人から返事がないので、大きな中華鍋から一部を取り出し、小さなフライパンに入れて黒酢を少し足してみました。

「正解‼　お母さんの味」

おばあちゃんは、酢の違いを指摘するなんてなかなか食通だと感心しています。

二人はおばあちゃんに酢豚の作り方をもう一度確認して、酢は黒酢とノートに記入しました。あまりに丁寧に書いているので「このままいけば中二女子と小五女子のお料理レシピ集ができちゃうね」と四人で半ば本気で話し、しかもこのレシピは生きる希望に繋がる物語だということに発展しました。

次に会うのは秋の予定でしたが、学校の行事と重なり東京に来ることができず、来年の春に繰り越しに。でも素敵なノートが届きました。

ノートには料理のレシピと短めのエッセイが綴られています。

お母さんから直接教えてもらった四つの料理（チャーハン・肉じゃが・豚汁・魚のムニエル）。

おばあちゃんから教わった酢豚。

伯父さんが教えてくれたお雑煮。

伯母さんが教えてくれた味噌煮込みうどん。

家庭科の調理実習で覚えた魚料理。

私の母が伝えた大根と鶏の煮物。

私が伝えた冷たいスープのガスパチョ。


希実ちゃんの手紙にはこう記されていました。


あれから、たくさんの意外が見つかりました。

もしもあのとき、季世恵さんと会っていなかったら、勝手におじさん、おばさんを誤解して悪い人で嫌いな人にしていたと思います。

チャーハンを作ったときにハムを自分たちで買ったことをおばさんが知って、そんなことしなくていいよと言ってくれました。

それからお小遣いも増えました。学校の保護者会に参加してくれて、隣の席に座っていたお母さんにお小遣いの平均金額を聞いてくれたそうです。それで、お小遣い帳を持たされて、今は麻実も私も毎月買ったものをつけています。面倒くさいけれど、大人になってから助かるはずだよと、おじさんが言っていました。確かにそうかも。そう言えばお母さんも家計簿をつけていました。

おじさんには、お父さんに腎臓を分けてくれてありがとうとお礼を言いました。すると「希実や麻実にとってはお父さんだが、俺にとっては弟だ。だもんであたりみゃーだ」と答えてくれました。おばさんもうなずいていました。

家の中が前より居心地がいいです。きっとおじさんもおばさんもです。なぜかと言うと最近は一緒にテレビを観て笑っています。それから東京で季世恵さんと会ったことも話してみようと思います。

人はあっという間に自分の思い込みや、誰かの思い込みで関係性を曲げてしまう。

でも希実ちゃんと麻実ちゃんは、これを自分たちの力で変えていったのです。

おばあちゃんの話

この年の秋のお彼岸は、萱野さんがお一人でやって来ました。すでにお墓参りもすませたそうですが、今までの中で一番安心した穏やかな表情です。

希実ちゃんも麻実ちゃんもだいぶ落ち着きを取り戻し、伯母さんの電話の声も優しくなってきたそうです。

萱野さんは、孫たちを引き受けてくれた存在に感謝すべきなのに、自分の心配事にとらわれていたと言い、相手と話し合うことも大切だったと感じたようです。姉妹に相続されるお金に関しては、二人の教育費をそこから捻出できないか知り合いの専門家に介入してもらうことになったそうです。

「あぁ、本当によかったです。萱野さん、本当によく頑張って。頭が下がります。ここまで実行なさっておけば、希実ちゃんも麻実ちゃんも安心ですね」

ところが、萱野さんは泣き出してしまいました。

涙の理由は、最初の手紙にもあった、菅野さんの夫が脳卒中で倒れ半身麻痺となり、その介護や夫が営む仕事の代理作業に追われていたときにさかのぼります。義理の息子が急死したのに、娘さんの悲しみに深く寄り添うことができず、自分の愛情が不足していたと言うのです。距離もあったし、両方を抱えることは誰だって難しいことでしょう。愛すればこその後悔なのかもしれません。

「つらいお気持ちをずっと抱えてきたのですね。娘さんががんになって菅野さんは東京によく来ていたと以前におっしゃっていましたが、娘さんとお話ししたことはなかったのですか？」

私が尋ねると、菅野さんはさらに涙を流します。

「ありがとう。ありがとう。母ちゃんありがとうって、ありがとうばかり言っていました」

菅野さんが相手の気持ちを感じる力を取り戻すまで、あとどれくらいの時間がかかるでしょう。私はティッシュケースをお渡ししながら菅野さんの痩せて丸くなった背中を撫でました。

「菅野さんの後悔は、愛の深さと同じ重さなのかなと、その涙を見ながら思いました」

と言うと、私にすがって声をあげて泣きます。

「菅野さん、娘さんと両思いになってはいかがでしょう？」

彼女は私の胸から顔を外し「へっ？」と言いました。

「最期まで『ありがとう』ってお母さんに言っていた、その言葉を受け止めてあげないと、娘さんはずーっと片思いになっちゃう。呼吸が苦しくて酸素マスクをしていても、お母さんの顔を見て懸命に声を出していたはずです。気持ちがなかったら言えないでしょう」

菅野さんに、沈黙の時間が訪れています。四〇分くらい経ったとき、大きなため息のような呼吸をしました。私は少ししてから、菅野さんにお茶を淹れました。そして娘の信子さんの分も。

「美味しい。美味しいです。まるで娘が近くに来て一緒に飲んでいるようです。私は、自分の感情にすぐに溺れるタイプなんですね。死んだ爺ちゃんにも言われていました。これは直さないと、また誰かを片思いにさせちゃうね」

八年後、菅野さんは亡くなりました。希実ちゃんが大学四年生のときです。就職先は東京の大手企業に決まり、麻実ちゃんはインテリアデザイナーを目指していました。

「ありがとう。ありがとう。私の孫に生まれてきてくれてよかった」

と、亡くなる二日前におっしゃったそうです。

さて、あれから姉妹はどうなったか。二人はともにお母さんになっています。

第4章

思いは生き続ける

樹木希林さんのこと

始まり

友人の内田也哉子さんからいつもとは違うかしこまった電話があったのは、もうずいぶん前のことです。でも私は、そのときのことを鮮明に覚えています。

「近しい人にがんの再発が見つかってだいぶ進行しているの。その人が季世恵さんと会いたいと言っているの。お店を予約するので食事をしながら話を聞いてもらってもいいかな？」

という内容でした。

指定された場所は、個室のある静かな和食のお店です。お部屋に通されると也哉子さん、そしてお母さんの内田啓子さんが座っていました。内田さんの芸名は樹木希林さんです。お読みくださる方には馴染みがあると思うので、ここからは希林さんと記していこうと思います。

私は頭の中で考えを巡らせていました。「近しい人」とは、也哉子さんの友人ではなくお二人にとって共通に関わる方なのだろうか。その方は後から来て同席なさるのか。

でも座卓に配置してあるお箸は三膳しかありません。三人でお話しするということ？　私の視線が泳いだことに気づいたのでしょうか。

「季世恵さん、忙しいのに今夜はありがとう。いつも家で会っているのにかしこまった感じよね。そうなの。近しい人ってばあばのことだったの」

と也哉子さんは言います。私は内心動揺しています。

間を空けずにご本人が話し始めました。

「たまには外で食事をしながら話すのもいいかなと思ってね。私、がんが再発したのね。だいぶ進行していて」

このような食事の場を設けるなんて、かなり悪い状態なのだろうかと心配になりましたが、希林さんはこれからの治療方法について考えていたのです。

「以前にも話したことがあったけれど、乳がんのときには外科手術を受けて乳房をとったって言ったでしょう？　周りのリンパ節もとった。でも術後の体への影響は想像以上に大変でね、それなのに再発しちゃったのよねぇ。

抗がん剤治療を勧められたけれど、それだけは嫌でもう断ったの。それでホルモン療法を勧められているのよ。私のがんのタイプには合うそうだけれど、気乗りしないので自然療法を中心にしようと思ってね。それについてどう思う?」

と私に質問なさるのです。

お箸を持つ機会を失っている私を見て二人は「いいのよ、食べながらで。ほら冷めちゃう。食べて」と促してくださるのですが、私はこの日、何を食べたのでしょう。思い出せません。

すでに心は決まっているように思いましたが、ご自身がなさった選択を後悔なさらないように質問をしてみました。

「きっとたくさんお考えになっているのだと思うのですが、治療をして効果のあった人、なかった人、自然療法で治った人、治らなかった人、どれも偏りなくお知りになるのがいいと思います。このようなときにも中庸って大切だと思うの。身近な方々の情報は一つの経験で語られます。それは大切な情報ですが、あくまで一人の情報です。現代医学は母数が大きいですからデータもしっかりしています。もう少し広い範囲で考えることもあっていいと思います」

希林さんは深くうなずいて、

「わかりました。バランスね。どれを選ぶにしても一長一短があるということだね」と言いました。

数日後、ご本人から連絡がありました。

「季世恵さん、ときどき話を聞いてちょうだい。私が私であるためにあなたがいたらいいなと思う」

私は「はい、こんな私でよかったらいつでも」と答えたのです。

いのちは巡る

その後、ご自宅に伺う機会が多くなりました。

希林さんのお宅の和室には見事な板戸があります。板戸に壁画絵師の木村英輝さんの作品「枯蓮Lotus revives」が描かれているのですが、この枯蓮を眺めながら「枯れる」というテーマで何回もお話をしました。

「枯れた蓮、この絵はね、京都のお寺では選ばれなかったのよね。お寺なのに枯蓮よりも盛りの蓮のほうがよかったのかねぇ。だから枯蓮はうちの板戸に描いてもらったの。ここの蓮は、みんなしおれていて茎も折れてお辞儀をしている。何だか終わりみたいだけれど、よく見ると次のいのちを感じるでしょう?」

「本当だ。蓮の実がついていますね」

「蓮の実、知ってる?」

希林さんは絵から目線を私に移します。

「はい。少し知っています。花が終わるとレンコンみたいに穴があいた形になっていき、そこに蓮の実ができるでしょう? あれ、生でも美味しいですよね。乾いた実をお料理に使えば薬膳になって、心の安定や不眠にもいいのですって」

「あぁ、そうなんだねぇ。それを聞くと、やっぱり花だけでなく、もっと知らないといけない。私はあなたのそういう知識がね、いいなぁって思うよ。ほら、見て。ここに新しい蓮も小さく咲いているじゃない。いのちが巡っている。

私は若いころから年寄りに見られたかった。肌がピンとはって潤いがあるよりも、皺を愛でたほうがいいよねぇ。経験は人の表情に表れる。皺もその一つ。今の人は年を重ねる意味をもっと知らないといけないよ」

とても深いお話でした。希林さんは年を重ねる中で培う、その経験を磨くことを大切にしていたのです。人生の深みは顔の表情に表れる。若い人はそういう顔をした人を求めている。それが誰かの価値にもなると伝えていました。


希林さんのお宅のお庭に桜があります。枯蓮から桜の話に移りました。

「桜は一年中地面を汚すっていうでしょう。あなたはどう思う？」

希林さんから質問されて、私は幼かったころの自分と大人になった自分の桜を見る目が変わったお話をしました。

「小さいころは桜の蕾を観察するのが好きで、蕾の色が変わり開花の予想がつきはじめるころになるとワクワクしていました。満開になると飼い猫と一緒に木の根元で横になり体が冷えるまで眺めてた。でもあっという間に散ってしまう。地面を桜色に染めてとても美しいのだけれど、枝に残る細くて赤い茎が目立つころには興味を失っていました。ここから先の桜の楽しみ方は思いつかなかった。

けれど大人になると美しさへの感覚は広がるのですね。一年中桜は見ていて楽しい。

よく見ればサクランボの原型みたいな小さな実が可愛い。青々した葉が夏には日陰も作ってくれる。桜の紅葉は本当にきれいで、その色は日ごとに変化して、落葉したときにはすでに花芽が顔を出している。

先ほどの蓮のお話のように新たな芽生えは、いのちの循環を感じさせてくれますよね。土があれば落ち葉が腐葉土になるのに、私たちの便利な暮らしが桜や植物を追いやってしまった。人間はいいとこどりしてるのね」

希林さんは「うん、うん、そうだ」と言いながら少し間を開けて、

「私は知り合いが死んだときは也哉子を連れて挨拶に行っていたよ。遺体を見せてもらっていたの。死が遠く離れてしまうと人を大切にできないじゃない。だからとにかく見せてもらっていた。ねぇ、季世恵さんは何歳で人の遺体を見たの？」

と聞くのです。

「三歳のときです」

「誰の死？　なぜ亡くなったの？」

「父の兄。私の伯父です。とても可愛がってもらっていました。私も大好きだったの。死因は胆石の術後の処置の失敗だったそうです。両親に連れられて会いに行くと、黄疸

で全身が黄色かった。意識はもうなくて呼吸も荒くて。治るの？　と両親に聞いたら母が『病気が治りますように、と祈るんだよ』と。

このとき祈ることを知りました。でも夜中だったので私は寝てしまったんです。起きたら伯父は亡くなっていました。いつまでも目を覚まさなくて、燃やされてしまった。死ぬってもう会えなくなってしまうことなのだとわかって、さめざめと泣きました」

希林さんは私をじっと眺めながら言います。

「それは大切なことを知ったんだね。やっぱり小さなころから死を知ることが必要なんだよ。役者もね、演じるのではなく本当に知ることが大事」

この日の夜、桜の小さな花芽を見つけようと二人で外に出ました。

目的地に着くまで、希林さんはモノマネをして私は大笑いしました。「笑うことって、いのちが動くことかもしれない」なんて思っているうちに桜並木に到着。桜の花芽も見つかり、

「あら、本当だ。まだ冬にもなっていないのにこんなにあるのね。そう、こういうことを意識して生きないといけないよ。それがいのちなのよ。人だけが暮らす場なんてこの

地球にはないのだから……」

と言いながら、つま先立ちして手を目いっぱい伸ばして花芽を触っています。まるで映画の『あん』のワンシーンのように。

「あ、だからさ、整形や見ためだけのアンチエイジングなんてだめなんだよ。ありのままがいい。季世恵さんも眉を揃えているでしょ。それもだめよ。個性が消えちゃうんだからね。眉は生えっぱなしにしておきなさい」

と、最後はなぜか眉毛の話になるのでした。

熟慮と実行

このころは、夕方になると体に違和感を覚えると言い、お会いするたびに「背中や肩を中心にマッサージして」とリクエストがありました。ときには私の手をご自分の体のあちこちに持っていって、

「きっとこの辺りもがんが育っている気がするんだよ。なんていうのかな。皮膚の下とか、もっと深いところにチリチリした妙な熱感のような違和感があってね」

感覚の鋭い方なのです。全身をくまなく感じ、異常がないかリサーチしているような具合です。

少し不安げなお顔を見ると切なくて、「お腹が痛いよ」と訴える子どもを撫でるように体を触ると、小さな声で「あぁ、気持ちいいねぇ。気持ちいいねぇ」と目を閉じてしばらくじっとしています。

やがて外が暗くなると、食事に出かけたものでした。そんなとき希林さんは決まって私の左側にいて、体を密着させ腕をキュッと組んで歩きます。夜目が利かないからなのか、腕を組むと歩きやすかったのか、理由は聞かないままだったけれど、私はその歩き方が好きでした。

希林さんは、いつもご自分の死を意識していたけれど、腕に感じる重みと温かな体温は生きていることをリアルに感じさせます。この方に長生きをしてほしい。生きていてほしい。生き急ぐような生き方を選んでいるわけではないのでしょうけれど、その達観したあり方を見るたびに、希林さんは手の届かないところにいるように感じるのです。

とはいえ、治療をしたくないというわけではなかったこともわかりました。希林さんは自分が納得のできる治療を探しながら熟慮していたのです。

鹿児島で四次元ピンポイント照射放射線治療の名医植松稔先生の存在を知り、治療を受けるようになりました。画像を撮りながらピンポイントで照射するので、他の健康な箇所に放射線の影響を与えません。大きな効果があり、このころからお会いするたびに話の始まりはご自分の受けた治療の成果に関してでした。

これによりQOL（生命や生活の質）は高くなり、仕事も好調とうれしそうでした。ステージ4でも生き永らえているのは、放射線治療の成果と手作りの酵素ジュースのおかげだと言い、暑さが厳しいとき、天候不順のときなどに私にも入れてくださるのですが、きれいな薄紅色の酵素ジュースは市販のものより一〇〇倍美味しく感じました。

希林さんと裕也さん

ご自身が納得するまで熟慮する。決めたらしっかり実行に移す。それは治療に関しても仕事に関しても、さらには夫婦についても同様だったのではないかと思うのです。

「私は裕也と結婚していなかったら、自分の中に存在する荒ぶる気持ちの鎮め方もわからず持てあましていただろうと思う。結婚して一緒に暮らしたのは一カ月半。だから也哉子がお腹にいたときはもう別々だった。いつも怒っていてね、何かあるとバカ野郎！ってことになっちゃうんだよ。気持ちを言葉に変えて伝えるより、感情をぶつけてくる。也哉子は私がなぜ裕也と別れなかったのか、『理解できない』って怒ることもあれば、悲しそうな顔をするときもあった。確かにそうだよなって私自身も思うことがある。でもね、裕也の純粋なところを私は知っているんだよ」

希林さんはここからさらにゆっくり言葉を発しました。まるでかみしめるように。

「私ががんになったとき、裕也に伝えておかなければと思って電話をしたの。想定外のことを聞いて、きっと怒って大きな声でバカ野郎！　と怒鳴るのだろうと思いながら『もしもし、啓子です。私がんになりました』と言ったの。そうしたら裕也、何も言わないで黙っているんだよ」

希林さんは私の顔をじっと見ながら、

「たった一言こう言ったの。静かな声でね、そうか……と。あの人が沈黙するなんて初めてだよ。瞬間湯沸かし器みたいに反応しちゃう人が、声を出すことができなかった」

希林さんはそのときのことをもう一度反芻していたのでしょうか。しばらく間を置いてから、

「あぁ、私は愛されていたんだと思った」

と言ったのです。

時間にすると二〇秒の沈黙。そして一言の「そうか」。

裕也さんはそのとき、何を感じていたのだろう。走馬灯のように希林さんとの思い出が脳裏を駆け巡っていたのでしょうか。それとも頭の中が真っ白になったのでしょうか。

時間が止まったような二〇秒の中で、希林さんは言葉にならない深い愛を感じていたのです。それを受け止める希林さんに、今度は私が沈黙しました。

私はなんて欲張りなのだろう。私は相手に求めてばかりいたって思ったから。


すっかり私が黙ってしまったものだから、希林さんはさらに話を続けます。

あるとき、ホテルのエレベーターに二人で乗っていると、途中の階で扉が開きました。

そのとき裕也さんは「おまえと一緒だといいな。慌てなくていいんだ。夫婦っていいも

んだな」と言ったのだそうです。希林さんはこの話をとてもうれしそうにしていました。まるで乙女のように。

妻以外の女性とお付き合いをすることが多かった裕也さんでしたが、人目を気にしたり言葉通り慌てたりすることもあったのでしょう。

「私だったらきっと、『それどういう意味!?』って大騒ぎですよ!」

と言ったら、希林さんはケラケラ笑っていました。夫婦というカタチは何にも勝るものだったのでしょうか。でも、つらいこともあったはず。そんなときには浅田美代子さんが裕也さんに真っ向から立ち向かい、怒ってくれたのだそうです。とても気持ちよかったとおっしゃっていました。

希林さんは裕也さんを本当に愛していた。私にはそう思えます。

さよならの先

ちょうどこのころ、私は講談社文庫から出版された『さよならの先』という本の原稿を書いていました。

ターミナルケアを通して知ったことは、死は終わりではない。肉体は消えてしまうけれど、その人の愛や生きざまや大切にしてきたことは、身近な人にバトンのように渡されていく。それは次への希望にもなり得ることを知っていただきたかったのです。

今まで私が書いた本は也哉子さんが読んでくださっていたけれど、希林さんは「也哉子は海外に行っているから、次の作品ができたときは私が先に読むよ」とおっしゃり、しかもいいタイミングで原稿の進行具合までチェック。まるで編集者のようでした。

原稿を誰より先に読んでくださったのは希林さんでした。そして本の帯まで書いてくださったのです。しかも、またいつか本を出すときのためにと他の帯まで。

「もしもし、おはようございます。書き終わりました。出来上がりほやほやの原稿をお届けしたいのですが、郵送がいいでしょうか?」

とお聞きしたら、

「今日は上野に行っているから自宅の郵便受けに直接入れておいてくれる? 郵送だと今夜から読めないじゃない。早く読みたいからね。感想は一〇日後くらいでいい? そのときに本の帯も書いておくから」

私は感謝の気持ちを伝え、一〇日後ではなくても大丈夫ですから、無理しないでとお返事しました。

予想より早く、三日後に電話がありました。翌日お家に伺うと、道にまで出て来てくださり私の頭や肩、背中、腕を撫でまわして、

「読んだよ、読んだ。よかったよ。本当によかったよ。すごくよかったよ。頑張ったね、頑張ったね。よかった、よかった、よくやった」

と抱きしめてくれたのです。

人にこんなに褒められた経験は後にも先にもありません。ご自身も末期のがんなのに、どんな気持ちでお読みになるのだろうと少し心配していたけれど、希林さんは〝だからこそ〟読みたかったと言っていました。

その後、本もたくさん購入してくださり、お知り合いに配ってくださったそうです。講演でも私の話をしてくださっていたらしく、「樹木希林さんの話を聞いて連絡させてもらいました」と見知らぬ数名の方からの連絡で知りました。

「私の『さよならの先』はなんだろうね。最近そんなことを考えている。それからやっぱり也哉子のことを考えている。あの子は一人っ子だからね、だから季世恵さんよろしくね。也哉子は呼吸をするのが下手なんだと思う。呼吸は精神面を整えるためにも大事

だからね。それから裕也はさ、私が先に死んだらなるべく早く迎えに来ようと思う」渋谷のホテルの上階、「今夜は景色をごちそうにして、赤ワインを飲もうよ」とやって来たレストランで、希林さんはご自分がいつか「さよなら」をしたその先の話をしていました。

全身がん　二〇一三年

立て込んだお仕事が終わるころだったでしょうか。二カ月ぶりに電話がありました。

「もしもし内田です（希林さんの本名）。明後日、東京に帰るから会ってちょうだい」

お声はいつもと変わらなかったけれど、少し思いつめたような感じが気になりました。

二日後にお宅に伺うと、枯蓮の部屋の畳の上に薄い長方形のミニ布団が敷かれていて
「今日はね、体も触ってみてほしい。整体もしてくれる？　あちこち歪んでるはずだし、喘息で咳も出ているから息苦しいんだ」

と話しながらゴロンと横になりました。全身を整えるころには、咳も止まっていましたが、希林さんは「背中を触っていて」と言います。

「ねぇ、全身がんって言葉を知ってる？　私、それだと思うよ。自分でわかる」

と横になりながら言うのです。思わず手をとめ、尋ねました。

「病院に行ったの？」

「何ともないみたい。まだ検査では出てこないレベルなんだと思うよ。でもきっとそうだよ。まぁ、放射線治療はできるから鹿児島の先生に診てもらうわよ。ねぇ、手をもう一度背中に当てておいて。気持ちいいんだよ」

と言いながらしばらく目を閉じていました。

月日がだいぶ過ぎてから、病院での検査で全身がんであることがわかりました。希林さんはすでに気づいていたけれど、これは予感というよりも体の変調を逃さず把握していたからだと思います。

それでも希林さんは映画の出演や作品のプロモーション活動に精を出していました。そして、このようなときでさえも、重い病気の友人がいらしたら私と会わせようとなさるのです。

「季世恵さん、この人ったら私と違ってクヨクヨしていて、死ぬことをものすごく恐れているの。だから眠れないのだって。本当にかわいそうだよねぇ。誰だって死は平等に訪れるのに。だから季世恵さん、話を聞いてあげてちょうだい。今夜はお米を炊いていないから、也哉子におにぎり握ってもらって三人で食べよう。私の作った塩辛も出すわよ」

この方は希林さんより先に亡くなったのですが、死を受け入れられないご友人のことをとても気にかけていらしたのです。

希林さんの仕事はさらに増え、しばらくお会いしない時期がありました。時折いただくお電話では、

「一応元気です。忙しくて鹿児島に行ってないの。だから放射線の治療も途中。これに関してはちょっと思案中」

とだけおっしゃっていました。そこに何か希林さんの意思を感じるものの、話の続きはありません。もしお尋ねしたとしても返事はなかったと思います。周りではなく内在する自分の声に耳を澄ましていたからです。このとき、数年前にお聞きした「見きわめることは大切だと思う」という言葉がよぎりました。

二〇一八年三月。ＰＥＴ検査（陽電子放射断層撮影法：がんなどの病変を検査する画像診断の一つ）でがんは全身の骨という骨に広がり、臓器もほぼがんに侵されていると也哉子さんから連絡がありました。

さらに数日後、也哉子さんが言いました。

「母は在宅医療の先生を季世恵さんから紹介してもらおうと思っているみたい。でも本人が言うまでは待っていて」

希林さんは死と向き合うための準備に入っていたのでしょう。悩みましたが、私は信頼する医師に内密に連絡をとりました。医療者は多忙です。希林さんの気持ちが決定するまで待っていると、どなたも引き受けてくださらないかもしれない。芸名などお伝えすることなく私の親しい人として打診をしました。合意を得たとき、私は本当に安堵しました。

一年ぶりの三人での食事

とはいえその年の四月はアメリカに仕事で出かけ、五月にはフランスに行っているのです。出演した映画『万引き家族』がカンヌ国際映画祭の最高賞であるパルムドールを受賞。本当に素晴らしいことでした。

あぁ、でもテレビに映る姿を見ると、さらに痩せてしまっている。すでにこのころは食事をしても吐いてしまうことが多い状態でした。全身の骨ががんに侵されているのだもの。転んだりしたら脆くなった骨はどうなってしまうのか。同行している也哉子さんの気持ちを思うと胸が締めつけられます。

帰国後、也哉子さんから連絡がありました。

「ばあばがランチをしながらお話ししたいことがあると言っているの」と。

一一年前に似ています。あのときもお店で食事をしながら三人でお話ししました。ご自宅ではなく外でした。希林さんはご自身の中にあった迷いから抜け出し、次に進むことを決意したのです。一一年前もそしてこのときも、私への正式な依頼としてのイニシエーションのようなものだったのかもしれません。

迷うときはお一人で考える。私に会うときは方向性を定めてから。也哉子さんはその過程をじっと待っていたのでしょう。多くの方は、迷うときにセラピストとしての私を必要とするけれど、希林さんはご自身が定めた方向に歩めるように私を必要としていることが、このときはっきりわかりました。

ただ、三人のスケジュールがなかなか合わず、会食は一カ月後となりました。


待ち合わせ駅で久しぶりにお会いすると、希林さんの歩き方が変です。

「どうしちゃったんだろうね。膝を高く持ち上げないと歩けないのよね」

想像以上に弱っていたのです。

也哉子さんの運転で到着したレストランは、也哉子さんが海外にいるときに、希林さんに何度か連れてきていただいたところでした。

「也哉子はね、小さいころからここのハンバーグを食べていたの。だから也哉子の知っているハンバーグの味はこの店のがベースになっているんだよ」

希林さんは、一人娘の話を欠かさずしていたものです。

でもこの日はあのときとまるで違う……。テーブルに並んだお皿を見つめ、やっと一口食べたきり。見かねたシェフが、半分に切ったアボカドにレモンを添え「これ栄養があるから食べてみて」と持ってきてくださったけれど、「ありがとう」と言って一匙を口に含んだだけ。そのアボカドをそっと也哉子さんに渡し、食べてもらっていました。

食後、希林さんは言ったのです。

「ターミナルケアをしてくれる、よいお医者さんがいたら紹介してください」

この言葉を聞いた夜、私はなかなか寝付けなかった。翌朝はまぶたが腫れていました。

数日後、希林さんは私が紹介した医師と面談をし、最期を家で迎えるための準備を始めました。でもまだアメリカでの授賞式が残っています。

「動けるうちは動くことを大切にしたい。人は死ぬまで生きているんだもの」

と言っていたけれど、この精神力はどこからくるのでしょう。でもそれが希林さんの心を最も安定させていたのかもしれません。

入院

八月一三日。也哉子さんから電話がありました。

「もしもし、ばあばが大変なことになってしまった。三階から下に降りようと足を一歩下に移した瞬間、太ももから骨が折れるような音がして歩けなくなってしまったの。私がばあばを抱いて三階から下に降ろして、近くの接骨院に行ったら『すぐに病院へ行きなさい』と言われて今、運転中なの。でも私、過呼吸になってきちゃって。呼吸が上手くできないの。ハンドルを握る手まで痺れてきてる」

後部座席にいるのでしょうか。希林さんが「也哉子、落ち着いて。私は大丈夫だから」と言っています。電話で也哉子さんの呼吸を整えるように促しながら、私も病院に向かう支度を始めました。

がんは希林さんの骨を蝕み、大腿骨は砕けているとわかりました。

翌日、病室をのぞくと希林さんは吸入をしていました。喘息が出ているのでしょうか。絡まった痰を出せずに咳をしています。私の姿に気づいて

「来てくれたの？　明日手術だって。大腿骨がバラバラになってるからチタンを入れるのよ。でも今、足は痛くないのよ。よかったよ」

少しお話しをして、

「明日もまた来るね！　手術の成功を祈っています」

と伝えたら、

「也哉子に伝えたことをあなたにも言うけれど、無理はしなくていいからね。何かを犠

牲にしないように。じゃまた明日！」

と手を振っています。私も手を振ると、

「あっ！　仕事は上手くいってるの？　ほら新しい企画、耳が聞こえない人とやるエンターテインメント……ゴホッゴホゴホ」

咳き込みながら話そうとなさるので、背中をさすり呼吸が整うのを待って言いました。

「ダイアログ・イン・サイレンスのことね。上手くいっているよ。みんなすごく頑張ってるの。サイレンスはね、日本語も外国語も手話も使わない。表情と身ぶり、手ぶりのみで伝え合うの。それを促す役が耳の聞こえない人。手話って手指の動きだけでなく、表情や表現も加わることで手話っていうの。だから誰よりも気持ちを込めて伝えることができる人たちなの。手術が終わって落ちついたらまた話すね！　では、また明日ね」

そう答えてドアを開けようとしたら、希林さんは「よしっ‼」と言って、手でOKマークを出してくれました。

希林さんが私に向けて声を出してくれたのは、これが最後です。私の話の続きはできなかった。術後に「たこつぼ型心筋症」という病気を併発し、一時危篤の状態になりました。容体は安定したものの、その後二回ほど危篤に陥って、声を使ったお話はできず筆談が中心になったのです。

希林さんはＩＣＵに入ったので、わずかな人しか入室できません。そのような中、廊下でずっと待っていらしたのが浅田美代子さんです。それを知った希林さんは、

「あの子も女優の端くれだから人が死ぬのを見たほうがいい」

とＩＣＵに迎えました。こんな状態になっても人を育てようとしている希林さんの大きさに私は震えました。

応援

静かに時間が流れていきます。病室には也哉子さん、希林さんの妹さん、浅田美代子さんが毎日のように訪れ、時折笑い声をあげながら穏やかにおしゃべりをしています。

私は夕方に伺うようにしていましたが、どなたもいないときがありました。そんなとき、決まって希林さんは私のことを案じる筆談から始まります。

（金井さん〈私の夫の旧姓〉は元気？）

「はい、元気にしています」

（上手くやってるの、夫婦円満？）

「はい。仲良くやっています！」

（大動脈瘤の手術日は決まったの？）

「一一月後半になるみたい。でもリスクのある手術だから声が出なくなる可能性が高いって言われちゃった」

（一一月。大丈夫だよ。私も協力するよ。そして応援する）


真っすぐに私を見つめ、強く手を握ってくれるその手。もう間もなくこの世界から旅立とうとしていることを、ご本人も私も知っている。でもとても強い意思で私を応援してくださろうというそのお気持ちは何だろう。「大丈夫」「協力」「応援」という三つの言葉の温かさと強さの中に、希林さんの魂そのものすら感じます。

このとき、知ったこと。人がこの世を去ってからも、応援の思いはずっと生き残るのではないか。これは決して消えたりしない。まるでお守りみたいに。

　あるとき、希林さんは泣いていました。

（どうしたらいい？　子どもたちの将来はどうなる？　九月一日、自殺者が増えるけれど、今年は？　どうしたらいい？　あまりにもったいない生命《いのち》）

　希林さんは『不登校新聞』という日本唯一の不登校専門紙から依頼を受け、不登校の子どもたちにメッセージを伝える役目を担ったことがあるそうです。

　そのときから子どもの自殺を何とか食い止めたいと考えていて、私にもこのお話をよくしていたのです。でも何をしていいのか具体的な解決案が見つからない。対象者を想像するも、悲しく痛々しい存在が大きな塊のようにある。一人一人に祈るような気持ちでいるのに。

「応援したいのね、子どもたちを。でもなす術が見つからないのね？」

　目を潤ませて大きくうなずいています。

「大丈夫だよ。応援するよ。協力するよって私に言ってくださったように、子どもたちを応援したいのね？」

　希林さんは涙をたくさんこぼしながら何度もうなずいていました。病室で私たちは考えました。

「私もできることを精一杯しようと思う。安心してとは言えないけれど頑張る」
と約束をしました。

九月一日はずっとつぶやいていたそうです。

「死なないで。死なないで。死なないで」

全国の子どもたちに向かって。それは亡くなる二週間前のことでした。

希林さん亡き後、也哉子さんはその意思を引き継ぎ、『9月1日 母からのバトン』を上梓しました。この本が多くの方に読み継がれていきますように。

私は東京・竹芝に「ダイアログ・ダイバーシティミュージアム」を常設することに力を注ぎ、希林さんからのバトンを引き継ぎました。子どもたちが多様性を認め、他者を受け入れるきっかけを作ることができる場です。

これに関してはJR東日本、清水建設、日鉄興和不動産、ベネッセホールディングスが支援してくださり、大勢の方がクラウドファンディングで協力をしてくださっています。まだまだやれることはあるはず。私はこの約束を一日も忘れていません。

家に帰りたい

この世からの旅立ちが近くに見え隠れしてきたころ、希林さんは「裕也に会いたい。家に帰りたい」と願うようになります。

今までの経緯を知り、両親が起こしてきた渦の中に常に巻き込まれていた也哉子さんにとっては、信じ難いものだったと思います。父親により母親は常に辛酸をなめさせられていた。それなのに最期は裕也さんを求めるなんて。

也哉子さんは看護師さんに「信じられない」と言っていました。けれど数人の看護師さんも同じことを聞いているのです。

九月一一日。医師からの説明を受けることになりました。病院の医師たち、そして以前お願いした在宅医療の医師も同席しています。希林さんの体に今、起きている問題。そして近い将来の予想。その上で、今このタイミングを逃せば家に帰すのは厳しいという判断でした。

常日頃、感心するのは也哉子さんの質問力です。若いときからそうでしたが、彼女のその能力はどこで磨かれたのでしょう。

入院してから今日に至るまでの期間、医師から幾度かの病状説明がありました。そのようなとき、也哉子さんは毎回、医師からの説明を端的にまとめリピートします。リピート中に説明のときわからなかったことや、知らない医療用語を質問します。医療者からすると病状説明の際、患者さんやご家族はどの部分がわからなかったのか見当がつきません。黙っていればわかったものと思ってしまうでしょう。

也哉子さんが明確な質問をすることによって、医師は惜しまず情報を与えていきます。すると不安に感じていた要素は半分以下になります。最後は心に深く残り、詰まらせている不安な部分を質問するという流れです。也哉子さんの三段詰めのような聞き方は、双方向に有効なのです。

まずは相手の話に集中して耳を傾ける。頭の中で相手の言わんとしていることをまとめ上げていく。途中で疑問や感情の波が襲ってきてもそれに流されずに聞く。座禅の瞑想を実践するとこのようなものになるだろうかと思えるほど、座禅と共通している気がします。

彼女の懐の深さを感じたのはこのときです。破壊的な父親を許さなければ決断はできません。母親の心情を汲まなければなりません。也哉子さんは「母を家に連れて帰ります」と言いました。そして在宅介護の準備を大急ぎで始めたのです。

九月一四日。お世話になった先生と看護師さんにご挨拶をし、希林さんは病室のベッドからストレッチャーに乗り寝台車へ移動しました。

処置をしに病室を訪れる看護師さんに「あなた、もっとこうすれば手際よくできるわよ。工夫しなさい」と指導したり、「あの医師は、腕がいいのはわかるけれど態度の大きさがよくない」と言ったりして、その都度、也哉子さんに「ばあば、そんなことばかり言わないの」ってたしなめられていたけれど、どれも本当のことばかり。そのやり取りを垣間見ることはもうないのだと思うと寂しくなります。

自宅に到着すると、在宅医療チームが出迎える形で待ってくれていました。希林さんはどんなに安心したことでしょう。家の中は介護用ベッドが入って、以前と風景は少し異なるけれど、それでも時間の流れが病院とは違います。

葡萄

家の中が落ち着いたころ、也哉子さんの夫の本木雅弘さんがいただきものの葡萄をみなさんでと言って出してくれました。希林さんの分は小さなお皿に巨峰三粒、シャインマスカット三粒。口に含みやすいように半分にカットしてあります。近くにいた私がお皿を受け取りベッドの横に置きました。

「ばあば、どっちからいただく？」

と聞いてみると、希林さんは巨峰を指さします。フォークにさして葡萄を希林さんのお口の中に。飲み込むことはできないけれど美味しそうに味わいます。そして希林さんはもう一度お皿を指さし、もう半分の葡萄を私にも勧めてくれるのでした。

そして部屋を見渡し、テーブルに置かれた葡萄に誰も手をつけていないのを知り、声を出していたわけではありませんが、ゆっくりと大きく弧を描くように手を広げて「みなさんも、どうぞ召し上がれ」と映画のワンシーンのように動作だけで伝えました。そして「なるべく皆の手間を少なくするのが希望、あとは楽しく」と筆を走らせたのです。

あと数時間後に亡くなるというときにも、誰かのことを考え行動しようとする。これは希林さんだけでなく私が見てきた多くの方が同じようにしているのです。人は決して自分のことだけではなく常に誰かのことを気にかけていることがわかります。

すべての葡萄を二人で半分ずついただき、私にとってはこれが希林さんといただいた最期のお食事となりました。

夜も更け、浅田美代子さんと私はご自宅を後にしました。もしかするとこれでお別れかもしれない。そんな不安がよぎりましたが、予感が当たるならばそれは大切な家族の時間です。私がいないほうがいいのです。

希林さんは翌日未明。二〇一八年九月一五日にこの世から旅立ちました。也哉子さんに「ありがとう、ありがとう」と声で伝えていたそうです。そして最後は電話越しに裕也さんとも話せたとのこと。

さて、大切なお話が一つ。

葬儀が終わり、希林さんのお骨を拾って骨壷にすべての骨を納め、蓋をしめようとしたときのこと。車いすに乗っている裕也さんが動こうとしているのが目に留まりました。近くまで歩み寄り「裕也さん、立ちたいですか？」とお尋ねしたら「うん」と言いながら足を懸命に動かします。近くにいる方にも協力していただき、裕也さんの体を支えながら立たせて差し上げると一歩一歩足をゆっくり運び、骨壷に向かわれました。

じっと骨を見つめた後にハンカチを探す仕草をなさったので、「ハンカチ？」とお聞きしたらうなずくのです。近くにいらした方が女性用のハンカチを渡そうとしていましたが、何だかそれは希林さんが喜ばない気がして、失礼ながら「男性用のハンカチはないですか?」とお願いしました。すぐに本木さんのものを裕也さんの手元に届けてくれました。

裕也さんは、妻の小さい小さい骨を手の中に納めハンカチで包み、そっとポケットにしまいました。

よかった。

啓子さんよかったね。

やっと裕也さんに会えた、裕也さんのもとに帰れたんだ。

私はこのとき泣きました。希林さんの喜びを感じることができたからです。

電話でいつも聞いていた「もしもし内田です」の声が、そのとき聞こえたように思いました。

第5章

母の投げキッス

私の母のこと

この章は筆者自身が母を失い、心にぽっかりあいた穴の中に、母からもらっていたメッセージを探し出し、それを見えない種に変え〝ぽっかり〟の中に蒔いてみたら、何かの芽が出てくるのかという仮説を立て、その過程で気づいたことを記そうと思います。

大切な人がいないということ

母がいなくなってから変わったこと。
志村家のお米の消費量が極端に減ったこと。
庭に新しい花が増えていないこと。
にぎやかなおしゃべりがないこと。
そして家族一人一人の心の中にも私のようにぽっかり穴があいてしまったこと。

この気持ちは私だけでなく、大切な人を失ったときに誰にでも起きる喪失です。
母を探すとたいてい庭から返事が返ってきたのです。朝から日が落ちるまで、まるで子どもが公園で遊ぶような顔をして、うれしそうに小さな庭の植物と何やら話をしながら世話をしていました。よく見ると、ほぼ毎日背中を丸めながら一生懸命大きな植木鉢を動かしています。そこには低木が植わっていて、開花時期となるころに門の外に出し、通りがかる人が見事に咲いた花を見て心が安らぐようにと願っていたようです。

でもとにかくこの鉢は重すぎて、私からすると動かしたくないほどのもの。どうしてこのような膝や腰によくないことをするのか聞くと、母は言います。

「庭にある大きく育った七～八本の木が日陰を作って、低木や草花にはおひさまが当たらないのよ。草木は動けないもの。私が当ててあげないと枯れちゃうじゃない」

最後に大きな鉢を動かしたのは、医師から「お母さん、この治療はもうやめようね。お母さんの体が薬を負担に感じてきたからね」と言われ事実上、もうがんの進行を止めることはできないと告げられた日でした。

この日、病院から戻った母は家の中に上がらずそのまま庭に立ち、いつもよりさらに背中を丸めて、花にしゃべりかけるような姿で過ごしています。きっと怖くて不安なのでしょう。泣いているのかな……。痩せて小さくなった後ろ姿が痛々しくて、私まで泣きそうな気持ち。ところが、母はいきなり背中を伸ばして「よし！」と掛け声をかけ、気合いを入れるように植木鉢を少し動かしたのでした。亡くなる二カ月半前のことです。

今はその場所に私が一人で立っています。昨年の今ごろ、母が植えたのでしょう。思わぬところから花が咲いていると、まるで特別な贈り物を受け取ったようなうれしい気持ちになります。もしかすると本当に母は私たちを想いながら種を蒔き、球根を植えていたのかもしれません。


お母さんありがとう、と見えない母に話していたら、すでに収穫の終わった金柑の木に実が三個残っていたのを見つけました。手で摘み、一つを頬張っているとご近所さんが声をかけてくれました。

「お母さんがいなくなってお庭が心配ねぇ。大丈夫?」

母は、花屋さんに行くと必ずと言っていいほど家にはない新しい花を購入していたので、常に庭は花でいっぱい。でも今は雑草がいっぱい。

「お庭ねぇ、これから先どうなるのでしょう? 次のお休みにはなんとかしなければ」

「そうよ。金柑食べて終わらせちゃだめよ〜（笑）」

その方は八重桜を私に手渡して「お母さんにお供えしてね」と言い残し、買い物袋を持って商店街に向かいます。

さて、私も買い物に行かねばなりません。子どもたちはおばあちゃんが作ったごはんが大好きだったので、同じ味付け同じ食材を好みます。私も、そして私の娘もそれを意識して作るようになりましたが、母の味は私の伯母の作る料理と同じ。どうやら母は伯母から教わったようです。

お米は朝炊いたものがまだ残っています。母がいなくなってからお米の消費が落ちた理由は、家が生活の中心で朝昼晩とごはんをモリモリ食べる人がいなくなったから。

生き物はいつか必ずそのいのちを終えるので、お別れは必ずあるものだと誰もが知っているけれど、それに慣れることができないのも人間の定めなのでしょう。愛していたのだもの。会えなくなった今ではさらに愛が深まり、そうなると不思議なほど忘れていたような思い出も湧いてくるものです。それはペットとの別れでも、離別でも失恋であっても。なくしたことによりその人がより顕在化してくることは、多くの人が知っているはずです。

母は信心深い人でした。朝起きると口をゆすぎ（歯磨き）顔を洗い、身を整えてから窓を開け、太陽に手を合わせて神棚に朝一番のお水をお供えします。新しい朝が迎えられたことを感謝して、日本の平和と他国の平和を祈り、その後は家族の名前を心の中で読み上げ、一日元気で過ごせますようにと頭を下げます。

次いで仏壇に新しいお茶と炊きあがったごはんを供え、般若心経を唱えます。その後、今生きている人間、つまり私たちにお水やお茶を飲む許可が下りるのです。

真面目だけれどラテン的で明るい人。でも極度の心配性で父が飛行機を使った出張のときは、搭乗時間になると仏壇にお線香をあげて祈ります。無事に着いたと連絡があると再び仏壇の前に座って感謝の祈り。その後は、鼻歌まじりでキッチンに立つのです。無邪気で喜怒哀楽が大きく、高い共感力で困っている人を放っておくことができません。特に子どもが好きで、ご近所に育児疲れのママがいれば、乳幼児を預かってママを休ませる時間を提供します。それも一人ではなく、ときには五〜六人の乳幼児が我が家でお昼寝をしたり母と遊んだりしていることもありました。

あるときは登校のお手伝いも。バスや電車を利用する通学が嫌で、毎朝泣きながら通学する小学一年生を見かけ、母は一学期から二学期の中頃まで毎日バス停まで手を繋ぎ見送っていました。やがてその子が思春期に入り、母を訪ねて恋バナをしにきたそうです。母は「うん、うん」と黙って聞いていたようですが、そんな母を慕う若い人は多く、多分に漏れず私や妹の友人も、孫の友だちからも人気者でした。

母の苦手なことは別れるということ。特に「死ぬ」という言葉を恐れ、「疲れすぎて死ぬかも」なんて言おうものなら「死ぬなんて言わないで！」と本気で怒るのです。ですから子どもの病気や自死の話を聞けば心を痛め、自分ができるささやかなこととして、ご近所や周りにいる子どもたちとその親を大切にすることを心がけていたように思います。誰かのために自分を役立てる。それが母の役目だったのかもしれません。

そんな人がステージ4のがんと告げられ、どう捉えていたのでしょう。直接尋ねることはしませんでしたが、死を受け入れるよりもがんを治し家族のために働くことを心底願っていたのは確かです。母はあきらめることをしない人でした。そこで、母のこの生き方はどこから作られたものだったのか振り返ってみようと思います。そう、母が好きだった四季に喩えながら。

春——家族や友人のいのちを繋ぐ

昭和九（一九三四）年に生まれた母の小学生時代は、太平洋戦争（一九四一年一二月〜一九四五年八月）と重なっています。勉強が大好き。授業で新しいことを知るのが楽しくて母は茨城県内で一位だったと祖母から聞いたことがあります。そうは言っても教科書をランドセルに詰めて学校に通えたのは戦争が起きた前半。後半は背中に背負うものがランドセルではなくなり大きな籠に変わりました。

くる日もくる日も草を探し、その中に軍馬の餌になる草を集めるのです。秋を過ぎると草もないので、子どもたちは血眼になって探します。理由は、持ち寄った草の量が一定量に満たないと殴られるから。小さな子どもです。大人が叩けば空中に飛ぶようにして地面に落ちる。その恐怖で草を求め続けたのでしょう。場を変え探し続けて迷子になり、家に帰って来ない子もいたようです。

終戦の日、いつものように草を集めていると、見知らぬ女性が走りながらやって来て、「もう草は刈らなくていい。日本は負けたんだから」と泣き崩れ、子どもたちはしばらく立ち尽くしていたと聞きました。母はこのとき、悔しい気持ちとともに「もう逃げなくていいんだ」「誰も死ななくていいんだ」と思ったと話していました。

私が子どものころの夏休みの宿題に〝親から戦時中の話を聞いて感想を書く〟というものがありました。戦争中、父は二〇代後半から三〇代にかかるころ。渦中にいたため戦争の話をしたがりませんでした。そこで毎年、母に聞くことになります。

二学期になると感想文が集められ、クラスの中から三名ほどが選ばれて、その作文を発表します。食べ物がなくいつもお腹が空いていた話。戦闘機の音を聞きながら防空壕まで逃げる話。空襲で亡くなった兄や妹。広島で暮らしていた祖父母の話。次の時間はクラスで戦争について話し、もう二度と戦争が起きないようにと思うのでした。

もちろん母も二度と戦争が起きないようにと願っていましたが、私が書いた感想文は、クラスメイトとは少し異なった内容でした。それは「防空壕に必要なもの」と「食料がないときの食べ物の探し方」。

夜中に空襲警報が発令されるとけたたましいサイレンが鳴り響きます。あかりは灯さずに枕元に用意していた着替えに手を伸ばし、大急ぎで着替えて防空頭巾をかぶり防空壕に避難。けれども私の祖母は毎回恐怖で腹痛を起こすので、防空壕におまるを用意し、その近くに仕切りを置いて簡易トイレを作ったそうです。家族のプライドを保つため、また衛生面からもそれは必要だったという話でした。

母が熱弁したのは、食べ物の探し方です。家は醤油製造業だったために、農作物を育てておらず、食料を入手するのに苦労しました。食べ物がない日が続くと、母は誰にも言わずに沼にカラス貝を捕りに行きます。私もその沼に行きましたが、徒歩で簡単に行ける距離ではなく、小学生がここまで歩いて来たのかと大変驚きました。家族に伝えずこっそり出かけたのは、遠く危険だからだと理解できました。

当時の母の家族は両親、祖父母、叔母、そして五人の兄弟姉妹。お腹を空かせた一〇人が大きなカラス貝を見て笑顔になり食卓を囲む姿を思い浮かべると、本当に大きい貝が見つかるのだそうです。

興味深いのは、子ども同士の食べ物の分かち合いです。大人は家族用にストックした食料を他人と分かち合うことはしなかったようですが、実は子どもたちは親の目を盗みこっそり家からキュウリの漬物や芋がらを持ち出し、人気のないところで交換していました。木登りしやすい木を見つけ、丈夫な枝に二～三人で登って腰かけ、大人に見つからないように、こっそり分けて食べたというのです。農家の友だちは食べ物を提供できたとしても、母の家には交換する物はありません。どうしていたのか聞いてみると、

「勉強を教えたりしたのよ。でも、お母さんは木登りと逆上がりが得意だったから、それを教えてあげたらみんなが喜んだの。それから馬の餌を集めるときも手伝ったよ」

「木登りと食べ物が交換になるの？」と私が笑うと、

「戦争中だって子どもは遊ぶよ。だってそれが一番大切なことでしょう？　生きる上での基礎になるんだもの。だからあなたもいっぱい遊んで育つんだよ」

と教わったことを今でも覚えています。

子どもたちには大人と異なる知恵があり、家族を守る愛と友人を助ける工夫があった。そして束の間の楽しい時間を大切にしていました。それは大人になって何かを成し得るための大切な時間にも繋がっていくのです。

ところで終戦後、母は高校に進学しませんでした。楽しみにしていたのに辞退したそうで、心配した中学の校長や県の先生方が進学を勧めに何度も家まで来てくれたとか。「どうして進学しなかったの？」と高校生のころに聞いたことがあります。

「それがね、妊娠するのが怖くて行けなかったのよ」

「？？？」

私の頭の中には「？」がいっぱいです。

「高校に行くとどうして妊娠するの？」

「中学三年になったころ、赤ちゃんはどうしてできるのかを大人から聞いたことがあったの。それは生理が始まってから、男性におしっこをかけられると赤ちゃんができるという内容でね。本当にびっくりして怖くなって進学したくなくなったの。

だって高校に行くには、長い川の土手を歩くの。そこには必ずと言っていいほど男性が立っておしっこをしていたから、私にかかったら赤ちゃんができちゃう。高校生でお母さんになるなんて勉強を続けられる自信がないし、そんなことで子どもを授かっていたなんてショックで……。だから、土手を通らない洋裁学校に通うことに決めたの」

「えー!? 何それ！ そんな話を本気で信じちゃったの？」

母はこくんとうなずきます。何だか私もショック。

私はこの話を笑って受け止めたらいいのか、母の悔しさを感じたらいいのか、性教育は絶対に必要だと力説するか悩みました。こんなとんでもない情報が母の進路を変えたことを大人は知っていたのでしょうか。

中学校を卒業した母は洋裁学校と簿記専門学校を卒業し、その後上京。母の姉家族の家で暮らすようになりました。ちなみに、母の姉、つまり私の伯母は河原の土手の先にある高校に進学し、現お茶の水女子大学を卒業しています。後にこの話を伯母が知り、「私は、土手で赤ちゃんができる誕生秘話を聞かなくてよかったよ」と言うのでした。

大人の無責任な言葉が子どもの未来を変えてしまうことは、残念ながらまああります。それは昔だけではなく今でも。母のようなケースはなくとも、子どもへの伝え方は大切にしたいと思います。幸せな将来のために。

さて、そんな真面目な母が東京で暮らすようになり、父と出会って次の幕が開きました。けれどその前に書くべきは父のことです。

初夏――あきらめないこと

私の父は大正四（一九一五）年生まれ。日本初の人工肛門閉鎖術を受けた人です。学生時代は六大学のラグビー選手として人気者でしたが激しいスポーツです。ラグビーのスクラムは腰やお尻に負担がかかり、腰痛や痔に悩む人も多く、父もその一人でした。

母が父と出会ったのは昭和三〇年代に突入したころでしょうか。父はすでに四〇代前半。勤務先は異なるものの、虎ノ門にある同じビルに通う中で二人は出会いました。

父は一九歳年下の日本人離れした美人を見て一目惚れ。挨拶をしたのに目も合わせてくれなかったと話します。一方、母はその日のことをまるで覚えていません。それでも父は猛烈にアタックを続け、食事に誘いデートにもこぎつけたと自慢話のように聞かされたものです。

そんな最中に父の痔が悪化。手のつけようのない痔瘻《じろう》になり、どこの病院に行っても匙を投げられ「死を覚悟しなさい」と告げられました。病院に通うこともやめ自宅で床につき、発熱と痛みをこらえながら死の恐怖と向き合っていたそうです。

父が心配になった母は、家を訪ねます。元気だった人が変わり果てた姿となり布団に横たわっている。死を宣告され自暴自棄な状態ですから希望などありません。「強い鎮痛剤を買ってきてほしい。そのあとはもう放っておいてほしい」と父。ところが、母は父を叱り飛ばし、口論の末にどういう成り行きか今でもちっともわかりませんが、「患部を見せなさい」と言ったそうです。

それは想像以上にひどいものでした。肛門近くにいくつもの深い穴があき、そこからは大量の膿。穴からは空気が漏れる音がしました。プロポーズを拒んできたのに、患部を見て何とかしなくてはと母は動き出します。

父のためにあちこち歩き、東大病院の外科にアメリカ帰りの腕のいい医師がいるという噂を耳にします。近藤芳夫先生というお名前で、手術を求める人が大勢いる。紹介がないと受診もできないという話に、母は病院の診察室の前で先生を待ち続けます。

やっとのことでお会いでき、状況を伝えたところ母の熱意を受け取ってくださり、受診の許諾もいただきました。予約を取り付けた母は大喜びで再び父の家を訪ねます。けれど父は体を起こすこともできず、母の説明を聞こうともしません。何軒もの病院を受診し匙を投げられているのです。希望を持つことで、絶望に繋がることもあると母は知らなかったのでしょう。

数日後、前しか向かない母に連れられて、父は近藤先生のもとに行きました。非常に難しい状態だけれどやってみようと先生が引き受けてくださったのです。

患部を大きく深くえぐるように取り除き、肛門を閉じて代わりに腹部にストーマ（人工肛門）をつけたのは六五年以上前のこと。母はそんな父と結婚したのです。しかも父と先妻の間に生まれた子どもたちを自分の養子に迎えています。やがて私や妹が生まれました。時折、母は

「あなたたちは近藤先生がいらっしゃらなかったら生まれてこなかったのよ。お父さんが生きていて、二人が生まれてありがたいなぁ」

いのちの存在を尊び歓喜する母の顔を、私は今も思い出すことができます。その先にあった言葉は「あきらめないこと。自分にできないことがあっても、どこかにできる方がいるかもしれない。その方と出会ったら誠心誠意学びなさい」ということでした。

盛夏――幸せを作り上げる喜び

ストーマをつけた父と、父をサポートする母。その二人を見ていた私の記憶はこんな感じです。朝食が終わり、出勤前に長時間かけてストーマから排便。今のようなストーマ袋はないので、直接ストーマに油紙を貼り、上にガーゼを重ねます。そして腹帯を巻

き下着をつけて、ももひき（今でいうレギンス）とズボンをはく。排便コントロールができないので、ズボンを汚さないために重ね着が必要だったのです。

通勤途中で漏れてしまった場合は慌てて帰ってきます。そんなとき父は玄関先で元気よく「おーい！　助けてくれー」と明るい声で叫びます。母も「はーい！　おかえりなさ〜い」と言いながら小走りにお出迎え。我が家の物干しには父のものがたくさん干してありました。私も踏み台に乗って父の下着を干すお手伝い。そんなときは母と一緒に「お父さんが生きている証拠。よかったねぇ」と笑うのでした。

私は、包み隠さず生きる両親を尊敬していました。助け合うところも、とってもお洒落なところも。スーツに英国紳士がかぶるフェドーラ（中折れ帽）を。ネクタイは今でも夫や孫が使えるものを。体の一部に不便があっても消極的になることなく、それを超える積極的な考えを持ち合わせていました。

私が五歳になったころ、父は人工肛門閉鎖術を受け、そのおかげで通常の暮らしが戻り出張が多くなりました。月の半分も家にいませんでしたが、帰れば夫婦はいつでも一緒。父が出勤するときは毎日欠かさず手を繋いで駅まで見送り。夕食は帰りの遅い父を待ち、二人で遅い食卓を仲睦まじく囲みます。祖母と妹と私は三人で先に食事をすませていましたが、両親をうらやましく眺めたものです。

夏休みは父や母と海水浴。春休みは決まって歴史的建造物やその資料館を巡りました。人が集えば休日は麻雀（私はお茶くみ）。夫婦二人のときは花札で勝負して月末に清算。土曜の夜は父の漫談で大笑いし、怪談話ではトイレに行けないほど怖がりました。

尊敬する父、無邪気な母に育てられて幸せでした。けれど、順風満帆な家庭だったかと言えばそうでもありません。父と結婚することで、母は自分と一回りしか違わない娘や息子の継母となり、多くの家庭とは異なる家族の形態がありました。母と姉たちは各々の立場で「私とあなたは血の繋がりがない」ということを強く意識していました。私はその言葉に呪縛され、思春期の尖った姉や兄の言葉に傷ついていたのです。兄は志は高いものの手段を選ばない行動をとり億単位の借金をします。その行きすぎた行動により私は進学をあきらめ、将来の夢を捨てねばならない事態にも陥りました。打撃を受けた父の姿は見るのも忍びないほどでした。自分の息子の起こした問題によって現役から離れた父は、しばらくするとかねてから興味のあった古代史の研究を始め、夫婦で奈良や明日香村によく出かけるようになりました。

こうしていつの間にか父と母の夏は終わっていたのです。

当時の私は、幸せと不幸は常に混在しているということに気づけず、不幸に埋もれていました。兄は時折私に向かい「お前さえ生まれてこなければ」という言葉を使いました。心が荒れている日はなおのことです。私は進学もできず、身の置き所がわからなくなっていました。たとえ苦しみの最中であってもささやかな幸せはあり、ときには笑い声さえあがります。それに目を向ける気がないため、幸せの欠片を見出すことができません。私はそんなときに結婚をしました。家から逃げ出したい気持ちだったのです。

二〇歳の私は、平和な家庭を自ら作ろうと願い、ほどなく男の子を授かりました。父の喜びは今まで見たこともないほど。その溺愛ぶりはしっかり息子に伝わり生後九カ月で初めて発した言葉は「じいじ」でした。次いで「ばあば」も言えるようになった孫に、二人は今までとは違う柔らかな表情をするようになります。新しい芽吹きを感じていたのかもしれません。

ところがじいじと呼ばれた三カ月後、父は胃がんで他界しました。誤診のために発見が遅れ、病気がわかったのは亡くなる三週間前。当時は告知をしないことが主流で、父は病名を知らされず入院しましたが、誰もそれを告げる勇気が持てませんでした。

察しのよい人ですから、気づいていたはずです。母や私たちを悲しませないよう病気の話には触れず、常に冷静にふるまい痛みもこらえていましたが、死に際は壮絶でした。長くターミナルケアのお手伝いをしてきた私でも、父のような例は見たことがありません。胃の動脈が切れ噴出吐血、壁や天井にまで血が飛びました。吐いた血の量を記録し、不足した血液を輸血するため死ぬこともできず、一〇日ほど吐血を繰り返して最後は血の塊をのどに詰まらせ窒息して亡くなりました。

父から聞いた最期の言葉は「看護師さんたちの動きをよく見なさい。お前たちが立っているところは動線だよ。お邪魔をしないように立ち位置を考えなさい」でした。

両親は最期まで手を繋いでいました。

息を引き取った後に母がかけた言葉は「お父さん、花札の清算終わってなかったね」。いつまでも少女みたいな母の言葉をお土産に、大好きだった父は私たちの前から消えてしまいました。母が四九歳、妹一九歳、私が二二歳のときです。

秋——新たな道を歩く

父を失い、抜け殻のようになってしまった母。発する言葉もネガティブなことばかりです。何をして生きたらいいのかわからないと泣き、「子どもの誘拐事件が起きたら、自分のいのちは惜しくはないので、誘拐された子どもの身代わりになる」と言い出して警察にまで行こうとします。誘拐事件がたびたび起きていた時代なので、本気で考えていたのでしょう。私は当時の夫と話し合い、家族を連れて実家に戻ることを決めました。

母は少しずつ現実を見るようになります。当時、私の長男は体が弱く、何度か生死をさまようことがありました。看病をする私と苦しがる孫を見ているうちに、母のうつろな目に生気が戻りました。私は母のメンタル面を心配し実家に帰りましたが、母にとっては次なるミッションが誕生したのです。それは、娘と一緒に孫を健康にすること！

息子は少しずつ健康になり、私は仕事をすることにしました。家族が多かったため夫一人に経済的な負担をかけたくなかったのです。さらには学校にも通うことができ楽しい時間も増えました。母は働く私の育児を助け、専業主婦の役目を果たすことを担ってくれたのです。

やがて私は子ども四人の母親になりましたが、母は孫を我が子のように愛し、母の口に孫からカーネーションをもらうと心から喜びました。担任の先生の家庭訪問があれば、私を押しのけ先生の目の前に座り「うちの子は学校ではどうですか？」なんて言う始末。私はと言えば先生にお茶をお出しする係になり、先生も大笑いしていました。このころの出来事はここに書き尽くせないほどの思い出があります。

母にとって、四人の孫たちの存在はかけがえのないものだったのでしょう。分け隔てなく愛し、それぞれの子に合わせたコミュニケーションをとっていました。

二〇〇七年、子どもたちの父親がダイビング中に突然亡くなったときでも、母は孫たちを最大限に守ってくれました。

年月が経ち、いつしか子どもたちは成長しそれぞれの道を歩き出します。母にとって恋人のような存在の、体の弱かった長男は医師になりました。このころ、孫が家に寄り付かないので、母は少し寂しそうでしたが、樹木希林さんがおっしゃっていた枯蓮の襖絵の中の芽吹きの話を私がすると、

「孫の未来をこの先もずっと見守っていたい。だから長生きしたい。みんなのことを応援したい」と話していたことを覚えています。

父を失い、絶望していた母はもうどこにもいません。孫を育て、さらにはその先に起きる未来と希望を見ていたのでしょう。

初冬――兆し

父が生きていたころ、母と私と妹は週末になるのを楽しみにしていました。父と四人で遊べるからです。その習慣が母にはしっかり残っており、よく孫と一緒にボードゲーム、トランプ、花札、麻雀などをして遊んでいました。やがて孫が家から離れていくと、その遊び相手の対象は私や夫になります。けれども私や夫は仕事量が多く帰宅は深夜。しかも週末もないので、母の相手になれません。もしあったとしても夫はそれを楽しいとは思わないタイプ。そこで私は帰宅が早いときは母とお風呂に入り、二人で背中を流し合いおしゃべりをします。夫と三人のときはドライブ。桜の咲く季節には早朝から深夜まで桜の名所を巡ります。日帰り温泉もいっぱい行きました。

コロナ禍となり世の中が緊張と苛立ちで満ちていたころです。夫と私の仕事であるダイアログも存続の危機に陥り、毎日が緊迫。そのような状況だったので母と話す時間も減っていました。

その日はやっと時間が空き、二カ月ぶりに母と入浴。母のシャンプーとヘッドマッサージをして背中を流していたところ、鏡に映った母の姿が何気なく目に入りました。もう一度確認すると、乳頭の一部に色素が変わった箇所があります。今まで見たこともない黒色で見るからによいものとは思えません。嫌な予感がして胸騒ぎがする。こんな気持ちで母に伝えれば驚いて眠れなくなってしまうはず。まずは私が落ち着かないと。そこで私が比較的時間がとれた翌々日に、

「私ね、二年ほど子宮がん検診を受けていないの。だから一緒に婦人科に行ってくれる？　ついでにお母さんも検査しようよ。その後は近所のカフェでお茶をしよう」

と誘ってみることにしました。母は私と出かけることがうれしくて

「一緒に行こう！　ちゃんと検査を受けないとだめよね。お互い長生きしないとね」

と言います。翌朝二人分の検査の予約を入れ、その次の日に伝えてみました。

「お母さん、乳首に黒いところがあるでしょう？　あれもついでに診てもらおうか」

母は気づいていたのです。

「あら、見つかってしまったのか。でもシミができたんだと思うけれど」

重要なことを伝え、それに対し受け止めてもらうにはタイミングが必要です。なるべく穏やかでいられるように。それを大切にしたかったのです。


検査の結果は乳がんでした。その検査では転移はしておらず、左乳房に起きた単純ながんということで、化学療法はせず乳房のみを摘出する提案が医師からありました。しかし母は大の病院嫌い。手術を拒みます。

私だけでなく孫たちも、おばあちゃんが死んでしまうかもと本当に心配し、末っ子に至っては「おばあちゃん、僕のおっぱいを片方あげるよ。男には必要ないから大丈夫。だから手術を受けてきて」と言ったそうです。もちろん二人ともそれが現実的ではないことを知っていますが、その言葉は母にとって生きる意味を想起させるものでした。

「うれしかった。まだ私を必要としてくれるんだもの。私は生きていていいんだね」

と目に涙をためて言うのです。自分の衰えを感じる中で、家族の迷惑になってはいないか。お荷物になってやしないか。言葉には出さずともそんな思いを抱いている方は多いのです。母もそう感じていたのでしょう。私はこの話を聞き、やがて自分にもやってくるであろうこの感情を覚えておこうと思いました。

母は可愛い孫たちを泣かせたくないと手術を受けることにし、その晩から「おやすみなさい」の挨拶に投げキッスが加わりました。これは母の精一杯の愛情表現。それに応えたくて私たちも投げキッス！

新型コロナの最初の緊急事態宣言が発令されたころで、手術日だけ母と会うことが許され、私たちは少し離れた場所から手術室に向かう母を見送りました。その扉が閉まる間際。母はまるで舞台に立つ女優のようにゆっくり振り返り、魅力的な投げキッスをしたのです。八六歳の誕生日を迎えた記念日の手術。長生きできることを祈りました。

そして手術は無事に成功。他に問題はなしと太鼓判をもらい退院し、母はゆっくりと日常を取り戻していきます。

東京ではコロナ感染者が増えており、長男の勤務する病院でもクラスターが出ていました。そこで感染予防のため、藤沢で暮らす妹家族の家に母を迎えてもらいました。

二〇二一年のお正月。家事から解放されゆっくりしていると思いきや、母から電話がありました。

「背中の痛みが長く続くの。今日は熱もあるので病院に行こうと思ったけれど、どこもコロナを心配して受け入れてくれない。だから家に帰ろうと思う」

帰ってきた母の様子がいつもと違います。近所の内科医では消化器や循環器に問題はないとのことで、ペインクリニックで注射を打ってもらいました。けれど痛みは増すばかり。数回内科を受診したものの、少し胃腸が弱っているのだろうとの診断です。

でもどう考えても変なのです。そこで内視鏡検査を受けさせてほしいとお願いしました。検査中の先生が青ざめた顔で私を呼び「お母さんの胃に大きな腫瘍ができ出血もしています」とカメラ画像を指で示します。不気味なほど大きな腫瘍です。

翌週S大学病院で検査を受けると、消化器外科のO先生は言いました。

「胃潰瘍と胃がんがあります。これから腫瘍内科の先生とも相談しながらやっていきましょう。まずは抗がん剤でがんを小さくしてから手術をすることになるかな」

先生の明るい声が母の気持ちを和らげてくださり、母も「はい！　よろしくお願いします」と答えます。

病院を後にすると「大丈夫よ。お母さん治るからね！　そうだ、今日は少し奮発してすき焼き定食を食べようか！」と近くのお店に向かいます。まるでお互いの不安を取り払うように、母と娘は美味しいねを連発し、母は笑いながらすき焼き定食を食べました。

翌週は腫瘍内科の診察です。

「志村さん、ステージを知りたいですか？」

K先生に尋ねられた母は、「はい」と答えます。私は動揺していました。父の死因は、大量吐血を繰り返し血をのどに詰まらせた窒息死。そのため母が最も恐れていたのは胃がんでした。

「ステージ4の胃がんです。大動脈付近のリンパ節にもたくさんのがんが見つかりました。若く見えるしお元気そうに見えても八六歳はご高齢です。なので積極的な治療より今の症状を抑えるための弱い抗がん剤を使っていきましょうか。志村さんの寿命を全うするかたちになればいいですよね」

母は静かにうなずき、「ありがとうございました」とお辞儀をして診察室を出ました。

母は手術をして治してほしかったのです。この日はしばらく考えていた様子でしたが私とお茶を飲みながら言いました。

「私の家系は長生きで一〇〇歳を超えている人が多いでしょ。なので寿命は一〇〇歳だと思う。ということは寿命までがんで死ななければいいのだから大丈夫なんだと思う」

この話を聞いた私まで、母の奇跡を願ってしまうのです。

この辺りから母の愛する孫が時折、医師として受診に立ち会うようになりました。束の間の、でもとても大きな幸せを味わっていたのです。

幸い抗がん剤の効果が見られ、胃にあるがんは少しずつ小さくなります。また母のがんには分子標的薬が効くこともわかり、母は希望を持ってそれを使うことを選択しました。分子標的薬は抗がん剤同様少なめに処方されていたので、自覚する副作用も少なく、しかも効果が見られて胃がんは小さくなったので、消化器外科のO先生に手術は可能かと母が質問をしました。けれど先生は少し困った顔でおっしゃいます。

「もう少し様子を見ようね。腫瘍内科のK先生に相談したら、手術は難しいみたい」

次に腫瘍内科に行くと、

「手術をすると体が弱まる可能性が高いんですよ。動けていても術後はベッドから起き上がれなくなり、車いすを使うことになるお年寄りは多い。もしもそうなったらやっぱり成功とは言えないでしょう。だからもう少し柔らかい方法で続けましょう」

と母に説明をしてくださるのです。母はこくんとうなずき、静かに病院を出ました。

帰り道、手を繋ぎ歩くと「きっと大丈夫だよ。お母さん治るからね」と私に言います。ところが次の診察で、母は病気とは異なるショッキングなお知らせを受けることになりました。担当のK先生が秋にはアメリカに留学されるとのこと。母はK先生が好きでまるで恋する乙女のようだったのです。母の表情だけを見れば手術が受けられないことより、先生がいなくなってしまうことのほうが悲しかったように感じました。この日のランチは中止。近くのカフェで紅茶を半分飲んだだけ。

翌週には引き継ぎの先生にお会いしました。新しい先生にもとても良くしていただいたけれど、母はK先生の最後の診察日に「先生、行かないで」と目を潤ませて引きとめていました。コロナ全盛のころです。先生は一瞬ハグをしてくださろうとしたのか母の肩まで上げた両手を降ろすと、優しく母の両手を握ってくれました。後任の先生が「お母さん、K先生が戻られるまでは僕が責任を持って担当させてもらいますね」と上手く話を展開され、若手の頼もしい医師たちが乙女のような八七歳の母を応援してくれます。

「二年後に元気になってまた会いましょう」

そんな言葉に励まされながら、母はしょんぼりと診察室を出ました。後にも先にも病院で気落ちした母を見たのはこのときだけです。

K先生はご存じだったかしら。アメリカでさらにスキルを磨き、技術を高めるために留学をなさるとおっしゃっていたけれど、すでに先生はこれほど患者に慕われ信用されていたということを。

「食事をとる時間も眠る時間もなく患者に向き合う医療者の存在を、もっと知ったほうがいいいと思う」

母がしみじみ話していたことを思い出します。

冬――最後の奈良旅行

亡くなる三カ月ほど前、母の念願だった奈良に二泊三日で出かけました。奈良は母と父の思い出がたくさんあるところです。そして父と母が、私の夫、真介と初めて出会ったところでもあります。そんな特別な場に出かける理由は、残り少ない母との時間を豊かなものにしたいということでもありましたが、本当の目的はちょっと違います。

何しろキャリーバッグの中には母の疼痛を抑えるモルヒネ系の薬や着替えの服などの他に、新しい雑巾、ゴム手袋、トイレ掃除用のペーパーやビニール袋が入っています。

あるとき、母が思い出したようにこんなことを言い出しました。

「奈良の三輪大社と石上《いそのかみ》神宮に行ったとき、お参りを終えてからお手洗いに行ったでしょう？　あのときトイレから出てきた私に向かって『お母さん急ごう！　早くしないと新幹線に間に合わない。行くよ』って言ったじゃない？」

話しながら情景が浮かんできたのでしょうか。やおら母の表情は不機嫌になっていきます。いや、あのときっていうけれどすでに三年前のことよね。何が言いたいのか見当もつかず、私は「そうだったかしら？」と曖昧な返事をしました。

「言ったのよ！　それで私はね、お手洗いを掃除できないまま車に乗ってしまったの。お手洗いを汚して出てきちゃったの」

いやはやそんなことを今言われても……みたいな顔をしていたのだと思います。母は続けます。

「だからね、心の中で神様にお詫びをして必ずお掃除をしに参ります。どうぞお許しくださいってご挨拶をしたの。だから行かないといけないのよ」

ええええっ⁉

そんなことがあったとは露知らず、もうすぐこの世を去らなければいけない母の後悔はそれ？　もっと大きな問題が残っているのではないの？　と心の中で思いました。

先述したように母には養子縁組をした息子がいます。父と先妻との間に生まれましたが、母は自分の子として接し、私も一緒に暮らした懐かしい思い出もあります。でもこの兄は問題児ならぬ問題を起こす大人に成長し、たびたび行方をくらませるのです。前々回会ったときは外国人と再婚していたことがわかり、前回会ったときは失明していました。そして相変わらずお金の話ばかり。これでは相続で揉めることになるかもしれません。お金がなくてもなぜか揉めやすいのが相続です。

そんな心配よりもトイレの清掃を気にしている母。信心深い人ですから優先順位は神様、仏様。きっとお掃除の約束が果たせていないことを気にしていたのでしょう。泣く子と地頭には敵わぬと言いますが、もうすぐ死んでしまう人にも敵いません。

思い出が詰まる奈良ホテルを予約して、日ごと痛みが強まる母をグリーン車に乗せ、ご機嫌な母といっぱいおしゃべりをしながら奈良に着きました。

翌日、石上神宮に参拝して念願のトイレに。すると驚くことにトイレが新しくなっていたのです。和式だったものは全て洋式に。どこを掃除していいのかわからないほどきれいになっていましたが、持参した掃除用具で全ての箇所をピカピカに磨きました。

そのお参りの際、私は今までの感謝を伝えるとともに、お願いを二つしています。母が苦しまず、自分の納得がいくまで生きることができるように。そして翌年の一月に予定している夫の二回目の大手術の成功を。

夫は八年前に大動脈解離で倒れ、九死に一生を得ることができました。これがきっかけとなり私たちは結婚したのですが、夫の病が治るものではないと知った母は、彼の使命でもあるダイアログシリーズの発展を心から願い、最も心強い応援団の一人になってくれました。娘婿のために減塩を心がけ、糠味噌もいつの間にか家からなくなりました。二回目の手術は破裂寸前となった大動脈瘤の処置のためのものでしたが、八年前と同様リスクの大きな手術です。

奈良での目的も完了して数日が経ち、母と私はリビングでお茶を飲んでいました。食欲はかなり落ち、体重も激減し痩せてしまった姿を見ながら、今夜は何を作ろうと考えていると、母が突然こんなことを言い出したのです。

「人生って楽なことより大変なことのほうが多いでしょう？　ときにはいつまでこの大変な状況が続くのかと思うこともあるかもしれない。今、あなたはそんな気持ちだと思う。私の体も、来年一月の真ちゃん（夫）の大きな手術も心配よね。真ちゃんの病気はいつまでもつきまとうものだもの。だから不安で仕方ないはず。わかるよ。

でもね、でも大丈夫なんだよ。大丈夫なの。大昔から今に至るまで平和な時代なんてなかった。疫病、自然災害、戦争。そして個人に起きる大変なこと。その時代を生きた人たちが、乗り越えて大丈夫に変えることができたから今があるの。

大丈夫。大丈夫。信じていて。お母さんも、お父さんのことが心配だった。でもあのころより医学も進歩しているでしょう？　設備だってそうよ。お父さんが人工肛門だったころ、オストメイト対応のあるトイレができるなんて思ってもいなかった。あのトイレがあることでどれほど助かる人がいることか。

真ちゃんも、今回の手術で声が出なくなってしまったり、車いすや寝たきりになるかもしれないって言っていたよね。そうならないようにお祈りしているよ。でもそんなことが起きたとしても、あなたも真ちゃんも独りぼっちじゃない。家族がいるでしょう。友だちも仲間もいる。そして誰かがその研究をしていて、どんなことがあっても人類は進化していくんだよ。それを信じていてごらん」

初めて見るような母の表情でした。

私はうなずきました。泣きながら何度もうなずきました。そして母を困らせることを言いました。

「でもお母さん、死なないでほしい」

母は困ったような顔をしています。なぜって、母は私のことがかわいそうで仕方なかったから。母が元気だったころ、もしも私の夫に何かあったら、娘が一人にならないように自分は一〇〇歳を超えるまで長生きをして二人で暮らそう。だから安心しなさい、なんて言っていたのです。母の口癖は「かわいそうに、こんなにたくさん仕事をして。休む暇もなくって。かわいそうに、あなたも体が弱いのに自分の不調を口にすることもできずいつも誰かを優先している」。

私は決してかわいそうな人ではないのに、母の目にはそう映っていたのでしょうか。母にとってのかわいそうは愛に繋がるものでした。一二月に入りベッドで過ごすことが増えてからは、私がベッドの横で痛みを緩和するマッサージをしていると布団を大きく上げて、「ほら、寒いからお布団に入りなさい。風邪を引いちゃうから。一緒に寝よう」と言います。私がベッドに入ると肩が布団から出ていないか確認し、次の痛みが襲ってくるまで二人で眠るのでした。

がん疼痛を抑える薬の使用回数も頻繁になりました。痛みで眠りも浅く、朝からぐったりしています。この日は大学病院の診察の日でしたが母を家から出すのは難しいと判断し、私一人で行くことにしました。主治医に母の容体を伝えると、今までお世話になっていた緩和ケア科の先生もいらしてくださり、この日がお世話になった先生方とお会いする最後の日になりました。

S大学病院の連携は素晴らしく、最初に診ていただいた消化器外科、その後の腫瘍内科が常に情報を共有。さらには心臓が弱っているために循環器内科も加わり、母が最期まで生きることを応援してくださいました。ありがたかったのは抗がん剤をスタートすると同時にがん相談支援センターの看護師さんが別の立場から母を見て、折に触れ私に的確なアドバイスをしてくださったことです。

介護認定の話が出たとき母は拒絶していましたが、母のペースを尊重しつつも、俯瞰した立場で私を支えてくださり、母の納得を待たず、このタイミングで行政に申請をと適宜教えていただきました。また、母の様子を見て在宅医療が合うのではないかと勧めてくれたのもその看護師さんでした。そこで、樹木希林さんにも紹介をした知人の医師にお願いしようとしていた矢先、長男が懐かしい名前を聞かせてくれました。

「家族みんなが大好きだった伴くんが在宅医療の開業をしているよ。名前は〝おうちの診療所〟っていうの。家から自転車ですぐのところだよ」

伴正海くんは、高校時代によく拙宅に泊まりに来ていた長男の友人の一人。まだ幼稚園児だった末っ子と一緒に遊んでくれ、前夫が亡くなったときにも末っ子に心を寄せてくれた優しい人です。そんな伴くんが母の最期を看てくださるのなら、こんなにうれしいことはありません。久しぶりにお会いした伴くんは伴先生となり、他の先生方や看護師さんも私たち家族に丁寧に寄り添い、的確な処置やサポートをしてくださいました。

二〇二二年元旦――最後の料理

母の部屋はリビングダイニングの隣の和室。襖を開けておけば、全てが見渡せるように介護用ベッドが置いてあります。少し前まで眠っていたのに、お出汁をとり、お澄しを作ろうとしていたその匂いが届いたのでしょう。突如目を開け起き上がろうとします。あわててそばに行き、母の体を支えるとベッドから降りようとします。

点滴を腕に刺したまま、ゆっくりシンクのほうへ。真っすぐ立ってはいられず、一歩歩くと一呼吸を繰り返しながら、顔を上げて凛とした表情で自分の仕事場であるキッチンに立ちました。そこには私と一緒にいつも母の看病をしている次女と、嫁いだ長女がお雑煮を作る準備をしていたのです。

孫二人に我が家の味を教えておこうと思ったのでしょうか。もしくは孫たちがキッチンに立ちお料理を作っているのがうれしくて、三人で並んでみたかったのかもしれません。細くなった指を震わせながら小皿を持ち出汁を口に含んで、うん、うんと二回ほどうなずき、お酒とお塩の加減を二人に教えていました。

家族全員で毎年食べるおせちとお雑煮。医師からはお正月は迎えられないかもと言われていましたが、母は自分の家で家族とともに新年を迎えることができました。

我が家では、新年には家族揃って畳に手をつきご挨拶をします。家族同士、昨年お世話になったことへの感謝を言葉で伝え、次いで新年の抱負を言葉にするのです。

二〇二二年、年の初めの母の挨拶は「もう少ししたら治りますので今年もよろしくお願いします」というものでした。けれど症状は悪化する一方で壮絶な痛みが襲い、母はトイレに隠れて涙するようになりました。疼痛コントロールができず、薬の量が増えるとネガティブなせん妄に苦しみ泣きます。

一月一〇日、成人の日。この日は意識がしっかりしていました。夫が母の部屋に顔を出すと母は「戦力になれずごめんなさい。あと二週間で必ず治すからもう少し待っていてください」と言うのです。

戦力という言葉にハッとしました。母は私たちとともに戦っていたのです。毎晩帰宅すると「今日はどうだった、大変だった?」と尋ねるので、私は母が「仕事=大変」となぜ捉えているのだろうと首を傾げていました。確かにダイアログの活動は一筋縄ではいかず、日本で開催してから二三年間、戦いに近い活動だったと言ってもおかしくありません。それを知る母は、主婦業を通してともに戦ってくれていたのでしょう。夜中も寝ないで必ず待っていてくれました。食事の用意をして、洗濯もして。

お母さんごめんね、気がつかなかった。一生懸命応援をしてくれていたんだね……。

亡くなる二週間ほど前、大学病院でお世話になっていた消化器外科のO先生が突然拙宅にいらしてくださいました。どれほどお忙しいか、病院での先生を思い出せばすぐにわかり、ありがたい気持ちでいっぱいな私でしたが、母は言いました。

「先生、お願いがあるの。治らないのなら安楽死をお願いしたいの」

先生は母を見つめ「それはできないよ」と答えます。

「本人が願っていても？　安楽死をお願いしたいのよ」

と、母は初めて死を口にしました。

「お母さん、痛くて苦しいよね。でも日本では安楽死を手伝った先生が逮捕されちゃうんだよ」

私が伝えると、母は黙ってしまいました。先生が母の背中側に回り、細くなった肩と背中をマッサージしてくださっています。大学病院の外科の先生に肩もみさせる母。

「あぁ、気持ちいい。そこいいねぇ。もっと続けてください」

安楽死からマッサージの延長に、願いは変更されていました。長いマッサージを終えて先生を玄関に見送り母の部屋に戻ってくると、

「先生とっても肩もみが上手なの。何でもおできになるのねぇ。ありがたいね。私は先生をちょっと困らせちゃったんだね」

とつぶやいていました。死を言葉として伝えた母。私も先生に続き背中側にまわり撫でながら泣きました。声が震えないように頑張って「お母さん、ずっとそばにいるよ。安心して」と言うのが精一杯でした。

次の春へ——母をおくった日

青い時間をご存じですか？　晴れていても曇っていても雨の日でも一日に必ず二回訪れる青色の時間のことです。

夜のとばりから太陽が昇る前にやってくる青い色。

太陽が沈み、夜が訪れる前の青い色。

全てのものを包み込むような、その美しく透明な時間は静寂で、まるでときが止まり音まで消えたように感じます。私はこの時間が好きで幼いころから青い時間に身を委ねてみるのでした。大人になりこの時間が好きだという人と出会い、やがて夫となった真介にその瞬間をカメラにおさめると、全てが青色になることも教わりました。

日の出や日没の直前だけでなく、この深淵な時間は、虫や植物が変化するときにも訪れることを知り、さらには人の誕生や死の間際にもやってくることを感じるようになりました。赤ちゃんが誕生する前に。そして死にゆく人にも。これは大きな変化があるときに起きる間《はざま》の時間。


母が旅立ったのは二〇二二年一月三〇日。午前二時二四分でした。死因は胃がんと大動脈付近のリンパ節に多発したがんによるもの。

この日、家には家族と嫁いだ娘。そして私の妹家族。母を慕ってくれていた親しい友人三名がいました。母を含めて家にいるのは全員で一二名。そして犬のメリーと猫のチョビ。真冬だというのに人が多いので、家の中は暖かく春の気配すら感じるほどです。本当はここに私の夫真介がいるはずでしたが、大きな手術を受けたばかりでまだＩＣＵ

にいたのです。入院する前に母は彼に向かい、

「大丈夫。手術は成功するからね。ずっとお祈りしています」

と投げキッスをしながら見送りました。手術の成功を伝えたとき、母はよかった、よかった、よかったと「よかった」を何回口にしたでしょう。亡くなる四日前でした。


母は亡くなる二日前から目を覚まさなくなり、強い痛みを訴えることもなくなりました。医師からあと二日くらいでしょうと言われた一日目。先述した人たちに連絡をすると大急ぎで駆けつけてくれ、息を引き取るその間際をみんなで見守り看取りました。亡くなる二時間ほど前には音楽家の妹夫婦が枕元で母の好きだった歌をうたいました。

家に集った人たちは母の姿が見える隣のリビングに移動し、まるで同窓会のようににぎやかに話をしています。楽しそうな声。母はこの声を聞きながら旅立ちの準備をしているのです。発熱し体も熱かったのに、手足がだんだん冷えてくる。私が手を握っているると長男が言います。

「体は最後の力を振り絞って、一番大切なところを守るために血液を回そうとするんだよ。だから手や足の先から徐々に冷えてくるの」

お母さんは頑張っている。できることはもう何もないけれど、せめて母が好きだったマッサージでもしてあげよう。私は母の手や顔のマッサージをすることにしました。

母は亡くなる一カ月半ほど前から自分では動けなくなりました。人から世話されることに慣れていないため、介護を受けることに遠慮がちでいつも申し訳なさそうに詫びてばかりいます。そこで趣向を変えて私は似非エステティシャンになりきり、母の入浴の介助や清拭をしました。こんな感じに。

「お客様、本日も当サロンにお越しくださりありがとうございます。今夜のお風呂には天然真珠の粉をたっぷり使った最高級の入浴剤を使用しておりますの。あの楊貴妃も愛用していたものでございますのよ。今回はオプションとして、湯船に浸かる前にお背中をお流しいたします。このソープ、お名前は申し上げられませんがある国の王妃がご愛用です。あっ、本日は特別におみ足のマッサージもさせていただきます！」

本当は三個セットの格安石けんですが、母も調子よく応えて、

「あらまぁ、なんて気持ちのよい石けんでしょう。入浴剤もいいわね。お肌がツルツル。私も楊貴妃になれたかしら？　オホホ」

まるでごっこ遊びみたいな入浴サポートを、亡くなる三週間前まで続けました。こう

すると母も笑いながら娘に体を預けるのです。入院を拒み在宅医療を選んでからは訪問看護ステーションから看護師さんが来てくれるようになりましたが、ありがたいことにこのごっこ遊びを真似てくれて、母は介護を遠慮することもなくなりました。

「なんて気持ちいいのでしょう！　ありがとう。ありがとう」

お詫びから感謝の言葉に変わっていきました。

この夜は最後のマッサージ。私は似非エステティシャンではなく、娘として何度もお礼を言いながら、母の人生を労う気持ちでそっと顔を撫でました。

リビングとは異なり、深い静かな時間。まるで時間が止まったような気配を感じます。あぁそうです。母のもとに青い時間がきていたのです。

長男が、顔を見つめながら脈をとります。当直で家に帰れない日を除き夜中の痛みの対処をし、明け方まで介護ベッドのそばで仕事をしながら見守ってくれていました。母はその孫の声を聞いているのでしょうか。

「おばあちゃん、もう間もなくだ」

息子は静かに言いました。全員がベッドに集まり、去り行く母に話しかけます。呼吸が一度止まり、その後最後の呼吸を深く一回して母はこの世から、そっといなくなったのです。

「おばあちゃん、耳はまだ聞こえているんだよ。近くで話してあげて」

と息子が促します。順番に耳元にやってきて一人ずつ挨拶をしました。

「お母さん、ありがとう」

「おばあちゃん、ありがとう」

「ありがとう。ありがとう。ありがとうございました。また会おうね！」


世の中には死を受け入れ自分のものにしている人と、拒絶している人がいますが、母は断固として受け入れないタイプ。その分、最後まで生きることを願い積極的に抗がん剤治療を求め、動けなくなるまで家事をしていました。うわ言で発していたのは、

「まきちゃん、椎茸を戻したお出汁が吹きこぼれちゃう。火を弱めないとだめよ」

まきは私の三人目の子どもです。最も母と一緒にいた子で、介護も私と一緒にしてくれていました。うわ言は全て家事のことばかり。それは母の証だったように思います。

最期の言葉は「おかえりなさい」でした。孫が「ただいま」と母の部屋で挨拶をしたからです。「おかえり」は家を守り続け、家族の無事を常に祈り続けていた母を象徴する言葉だったのだと思います。

私が今まで看取った方は「ありがとう」を大切な方に伝えていました。息を引き取る間際に残すその言葉はどれほど大きなことか。私は、ありがとうの言葉の意味をとても深く感じるようになりました。言葉を受け取る人も同様なはずです。人生の幕を降ろす締めくくりの美しい言葉。でも「おかえり」は日常的で、母は最期まで現役でした。

体が冷たくなっていく母を抱き寄せ寝間着を脱がせ、ワンピースを着せお化粧をします。これは父が母に贈った最後の誕生日プレゼント。この姿で父のもとに送ってあげよう。三七年ぶりのデートのために。そして私たちは母の肉体がこの家にまだ存在し、触ることもできる最後の家族写真を撮りました。

妹家族は自分たちの家に一度戻り、他の人は仮眠。母の部屋に残ったのは長女と次女です。孫娘二人がおばあちゃんが寂しがらないようにそばでトランプをして遊びます。遊ぶことが大好きだったおばあちゃんと朝がくるまで一緒にトランプという粋な計らい。

三人のその姿を犬のメリーが見守るように眺めていました。

やがて朝になり、在宅医療の伴先生がやって来ました。母の死亡を確認しながら死に顔を見て「おばあちゃん本当にきれい」とおっしゃり、私たち同様に写真を撮っていました。人生の最期に寄り添ってくださった医療チームは母を心から愛してくれました。

あれから、母の友だちや、私や孫の友だちがお線香をあげに来てくれています。母の部屋はお花でいっぱい。五月の連休には、次男の友だちが朝早くやって来ました。彼は実家を離れ神奈川で一人暮らし。「家に帰る前におばあちゃんに会いに来ました！」と言いながらお線香をあげてくれます。彼は私の知らないことを話してくれました。

「僕、小学生のとき、ゆうちゃん（次男）と一緒に英語教室に通っていたでしょう？終わるとおばあちゃんが必ず迎えに来てくれて、僕たちはいつもコンビニでしばらく漫画を立ち読み。おばあちゃんは何も言わずに待っていて、毎回〝からあげクン〟を買ってくれて、食べながら帰ったんです。うれしかったな。怒らないで待っててくれて」

この話を聞いて、母らしくて懐かしくって笑ってしまいました。ちょっといけないことを許してくれる母に私も育ててもらっていたことを感謝しながら。

おしまいに栃の木の話

二〇二一年一〇月。

このころは母の体調が落ち着いていたので、ダイアログ・イン・ザ・ダーク（DID）の仲間たちと奥会津の三島町で「漆とロック」の貝沼航さんにお世話になり、栃の木の伐採を見学していました。DIDを通して貝沼さんと会津の漆器職人さんにご縁があり、漆器作りをご一緒させていただくことになってから一〇年が経ちます。

漆器は塗が剥げても塗り直しができるため、親から子へ。そして孫にも受け渡すことができるサステナブルなもの。そこで私は商品の名前を「めぐる」にしました。その器「めぐる」は栃の木で作られています。

器を作るために樹齢一〇〇年以上の栃の木を伐採し、その後二年間乾かします。伐採されるのは、大きな、大きな巨樹です。てっぺんに木こりが登り、森の周辺を目で確かめ、下を見下ろしながらどちらの方向に巨樹を切り倒すと木が傷まないか、倒れた際に周りの土に影響は出ないか、近くに生えている若い木が傷つかないかを探り、切り倒す方向を決めていきます。

木に登るのはたった一人の木こり。その人が栃の木のどの部分に刃を入れたらいいかを決めて、木の下にいるお仲間と、見学している一〇数名の私たちに的確な指示を出していきます。まるで医療チームが、いのちをどう見おくるのがいいのか話し合っているときの真剣さと似ています。

巨樹にロープを巻き、次いで私たちにそのロープの片側が渡され、指示に従って決まった方向にロープを引っ張ります。木の根元にのこぎりが深く入り倒れる前に「こっちの方向だよ」とみんなで力を込めて引っ張ると、巨樹はミシミシいいながら大きな地響きを立て倒れました。このとき私は、倒れる栃の木と、もうすぐこの世から旅立つ母とを重ねてしまい、涙をこらえるのが精一杯で、どうしていいかわからず、まだ湿って温もりのある切り株を撫でていたのです。

するとと長老のような木こりの長がどこからか私の横に来て話してくださいました。

「来年の雪解けのころ、ここに来てごらん。この切り株の横から新しいいのちが芽生えているから。森はこうしてときどき大きな木を倒さないといけない。巨木が葉を茂らせすぎると若い木が育たない。森を育て続けるために必要なサイクルなんだよ」

もしも落雷などでこの巨樹が倒れたら、木は傷んでしまいます。さらには根こそぎ倒れることで土もなくなり、周辺の木はしばらく育たなくなってしまうそう。

人も同じように思えてきます。家族だけでなく組織も次の担い手を育てるために。

母という巨樹の周りにできるひこばえ。それは私や孫だけでなく、その友だちにも、私が知らない人にも生えてくるのかもしれない。

そう、一つのひこばえ報告です。二〇二二年一一月、長女に二番目の子が生まれました。母が亡くなって間もなく授かった子どもです。

母が毎日心配していた私たちのダイアログの活動は、紆余曲折しながらも育っています。

だからお母さん、心配しなくていいよ。大丈夫。大丈夫。まだ悲しくて泣くときもあるけれど、それでも私は幸せです。

対談

母をおくる

内田也哉子

×

志村季世恵

心の所在が見つからない

志村　この本では、（樹木）希林さんのことを書かせてもらうのだけれど、それとは別に也哉ちゃんと話がしたかったの。だから今日はお会いでき、とてもうれしいです。最近どうしてましたか？

内田　母が亡くなって以来、母がどんな人だったか、毎日のように質問されてきました。最初は戸惑ったけど、「そうか。こうして母と向き合いながら気持ちの整理をすればいいんだ」と新たな発見もあったんです。でもね、あれからずいぶん経つのに「またか」というくらい、母のことを聞かれるの。一体これはいつまで続くんだろう？

志村　本当にそうだろうね。

内田　私は母とべったり一緒だったわけじゃない。そんな私が母のことを代弁していいのかという罪悪感もあるし、自分のアイデンティティ探しとしては、今とても、人生の中の不思議な、心の所在が見つからない時期です。正直、季世恵さんが相手じゃなければ、この対談も断るところだった。だから、今日は母のことをしゃべり納めに来ました（笑）。

志村　私は也哉ちゃんと友だちになったのが先で、その後、ばあば（樹木さん）との関係ができたでしょう。今はもう、きょうだいみたいな感じだけど、その後の也哉ちゃんのことはとても気になっています。ばあばからバトンをもらった也哉ちゃんが、今何をしているのか。子どもたちにすごく愛を向けているのも知ってるし。

内田　自分の子どもたちに？

志村　そう。

内田　ああ、過剰な愛ね（笑）。

志村　それが正しいか正しくないかじゃなくて、也哉ちゃんは、ばあばからもらったものと、もらえなかったものを混ぜて、子育てをしてきたんだと思う。それはすごく大事なこと。母をおくった人が、次にどんなふうに生きていくのかを考えると、母親と共通する面もあると思う。也哉ちゃんは「子どもが虐待されることを、すごく痛みに感じる。なんでそう思うのかわからないくらい胸が痛むんだ」って言っていたよね。

内田　言ってた、今もそうよ。

志村　私は虐待された子どもも見てきているけど、自殺する子が多いの。ばあばは、亡くなる直前に「子どもを自殺させちゃいけない」と言っていたでしょう。二人には共通の痛みがある。そう思ったとき、私は、樹木希林さんだけじゃなく、内田也哉子さんのことが知りたいと思った。もちろん、父親の裕也さんからもらったものもあるだろうし、也哉ちゃん自身で形づくったものもある。混沌としていてもいいから話を聞きたいなって。

内田　ああ、そんな……。ありがとうございます。

せっかく生まれてきたのだから

内田　母が亡くなる二週間前の九月一日、病室で子どもたちに「死なないで」と言ったのは、母の生きざまの、ある意味集約された部分だったと思います。それは「せっかく生まれてきたんだからもったいないよ」という気持ち。物でもそうだし、人でもそう。母は、ここに存在してよかったと思うこと、自分でもそう思えることを、ずっと目標にしていました。自分や家族だけじゃなく、出会う人みんなに対してそう思っていたんです。だから、せっかくここにいるのにいきいきとしていない、生きづらそうにしている人に会うと「もうちょっとこうしてみたら?」ってすぐディレクションしたくなっちゃうの。

健康で、輝かしい将来があってもおかしくない子どもたちが、自らいのちを絶つことに、母は大きな矛盾を感じていたんだと思う。九月一日は子どもの自殺率が一番高くなる日だということを、自分が死に向かう状況の中で覚えていたのもすごいんだけど。

志村　本当にそうね。

内田　私は二一歳のとき初めて出産。自分も子どもなのに子どもが生まれて、どうやったら生き延びさせることができるか右往左往していたんです。そんなとき、同じような年齢の子を虐待で殺してしまった母親が、パトカーで連行されるニュースを見ると、そこに感じるのは、やっぱり矛盾。

でも、虐待してしまったお母さんだって、いのちを無駄にするために産んだとは絶対に思えない。何かしら彼女の中にも希望の欠片があったはずで、どこかでタガが外れてしまった。そこにはどうにも操作できない、動かすことのできない運命のはかなさや、切なさを感じるんです。

生きる希望について考えるとき、母の中にも私の中にも、虐待された子の死や、子どもが生きづらくて自らいのちを絶つということが、表裏一体として存在している。私自身は三人の子どもがいて、アレルギーがあったりして大変ではあったけれど、一応みんな健やかに生きています。でも、生きられなかった子もいるわけです。

母が亡くなるとき、「あなたは一九歳で結婚して、早めに子どもを産んで、家庭を耕す作業はある程度終盤にきているのだから、そろそろ人のために生きなさい」というメッセージをもらったんですよね。これは今、自分の中ですごく大事にしたいテーマになっています。

全細胞が引き締まる！

志村　小さいころはどんな感じだったの？

内田　一言で言えば、「放任」。父は家庭内に存在しないし、母は仕事をしながら私を育てていたから、私自身が母親になって経験したような、学校の送り迎えとか友だちの家族との交流や誕生会など、いわゆる子ども中心の日常は一切なかったです。

たとえば、おもちゃ一つ買ってもらったことがなかった。いただきものの絵本が数冊あっただけで、洋服も中学に上がるまで買ってもらったことがありません。若いころの母は、ストイックなまでに消費社会に対するアンチテーゼを掲げた、ある意味殺気だった人でした。シングルマザーだし自分をさらす仕事だから、おのずと人の興味も惹く。でも、すべて自分が選択したことと腹をくくっていたから、文句を言っている姿は見たことがないんです。

「母親」って聞くと、あったかくて日向ぼっこしてるような気分になるのかもしれないけれど、私の場合は全細胞がキュッと引き締まる感じ（笑）。今でも母の写真を見たり、母の話をしたりすると「自分はちゃんとしているかな」と思う。いつまでたっても認めてもらいたい気持ちがあるんでしょうね。背筋を伸ばし直す存在です。

今思えば、「こうしたらよかった」ということが果てしなくあるの。その一つが、もっと時間を共有したかったということ。晩年も、私がイギリスに住んでいたから、折々に濃密な会話はしたけど、もう少し一緒の時間がほしかったな。

志村　也哉ちゃん、イカの塩辛の作り方を知ってる？

内田　えっ？　母に教わったよ。すごく簡略式のものだけれど。

志村　私ね、「美味しいから教えて」ってばあばに言ったら「也哉子が知っているから」と言われたの。「大切なことは也哉子にちゃんと教えてるのよ」って。

内田　そうなの？

志村　「お互いに離れている時間が大事なんだ」ともおっしゃってた。「寂しくないの？」と聞いたら「寂しくないよ。私にとってこの距離は大事な距離なんだ」って。「どういうふうに大事なの？」と言うと「自分が動ける状態のときに一緒にいると、病気を作っちゃいそうじゃない」と。

内田　お互いに気を遣いすぎて？

志村　そう。だから、「まだ自分で何でもできるし、ごはんも食べられているから今じゃない。そのうち、そばにいてほしいときがくると思うけれど」と言われて、すごいなと思ったの。時間の判断がつく人ってなかなかいないから。

内田　自分に残された時間も含めて？

志村　すべて含めて。

時間を見きわめて生きる

志村　私、出産と臨終は感情は別としてきわめて近いと思ってるのね。本の中にも書いたけれど、青い時間がきたときに、いのちの大きな変化がある気がする。あぁもうそろそろ産まれるなとか、旅立ちが近いなというのも感じている人っているのね。

内田　なるほど。

志村　すごくストイックだけれど、希林さんはそういう時間を見きわめながら生きることを大切にされていたんじゃないかな。也哉ちゃんがイギリスにいる間もそうだし、帰ってきてすぐバタバタッと倒れたことも、きっと理解していたところがあったと思う。計算とは違うけれど、自分を把握する意識がとても高かった。

内田　そうだね。亡くなる直前に病院から家に戻ったのも、もともと家で死にたいというのが目標だった。骨折して入院せざるを得なくなって、そのうちいろんな処置が始まって、肺に水が溜まったりして。それでも本人が「もう帰る」と言ったのよね。私は「この状態でどうやって帰るの？」と思ったけれど、お医者さんには「本当に帰りたいのなら、今を逃したら難しい」と言われたんです。

志村　タイミングをわかっていたんだよね。

内田　「あ、今かな」っていうのは、すごく感度が高かった。おもしろかったのは、病院から横になったまま運べるタクシーに乗ったとき。お医者さんが話しかけても、「話しかけるな」っていう仕草で、マスクまでして。そのとき季世恵さんが「すごいね、エネルギーを温存しているんだね」って言ったのよ。

よく母が「自分の体と心を知ることが、一番大事だ」と言っていて、さっぱり意味がわからなかったけれど、そのときわかったの。自分が今どのくらいの息を吸ったら、次の何秒間を穏やかでいられるか。次々に出てくる難題を「私の体はこうだから、こうしたほうがいい」と、一つずつ繊細に自分で調節していた。医療の知識じゃなくて、自分のリズムで。すなわちそれが、時間の感覚よね。

志村　そう、上手に出産する人と似ていました。

自分の死を家族に見せる

内田　最後は骨折でバタバタしたけれど、一カ月の入院で毎日会えたのは、私たち家族にとっても母にとっても、ギフトでした。いい時間をもらえたなと思います。

志村　そして最後は、「自分の死を家族に見せる」ということだったよね。

内田　これはもう、自分だけじゃなくて友だちや知り合いが亡くなっても、必ずお通夜などに私を連れて行って、「よく顔を見なさい」とやってたんです。子どものころはそれが嫌で嫌で。でも、母なりに死を伝えたかったんだと思う。それは死のインパクトじゃなく、「その前にある生を、どう生きるか」というメッセージだったのよね。

志村　私も希林さんに「人の死を初めて見たのはいつ?」と聞かれたことがある。三歳のときに亡くなった大好きな伯父のことを話したの。その話をしているときに「也哉子にも、死を見せたほうがいいと思ったんだ」っておっしゃった。

内田　ただ、それまで見てきた死と、母の死はまったく別ものでした。その数時間前に病院から帰って来て、「さあ、ここからだ」と希望に満ちてホッとしたところだったので、まさか!　と。その夜、母は声がはっきり出なかったけれど、手を合わせて「ありがとう」って三回言ったの。「嫌だ、終わりみたいだからやめて」と言って、看護師さんがついてくれたので上に上がったら、三時間後に電話で「降りて来てください」と。もう私、足がガクガクしちゃって。

志村　私は「そろそろだよ」と、一応言っておいたんだけどな。

内田　ベッドも医療器具も全部レンタルして、介護体制もシミュレーションして、必死すぎて本当の状態が見えてなかったのかもしれない。

志村　そういうものなんだと思う。

内田　私が一番動揺して、腰が抜けちゃった。そうしたら、一番下の息子の玄兎《げんと》が背中を撫でながら「マミー、体は亡くなっても魂はずっとここにいるよ。だから大丈夫」と言ってくれたの。八歳の小さな子が、今をちゃんと感じて母親に冷静に語っている。それにびっくりして、こんなことでよろけていたらだめだと我に返りました。

最後の時間

内田　夜中だったけれど私が裕也に電話して、本木がアメリカにいた娘の伽羅《きゃら》をビデオ電話で繋げて、みんなで母に声をかけて。長男の雅樂《うた》が手を握っていて、裕也が「啓子、啓子」と名前を読んだら、手をぎゅーっと握ったんだって。

志村　全部聞こえてたんだね。

内田　だからみんなで「ありがとう」って声をかけて。それでね、あんな大人っぽいことを私に言った玄兎に、「最後に何か言って」と頼んだら「ばあば、いつも美味しい果物を剝いてくれてありがとう」って言ったのよ。「え、今それ?」ってなった（笑）。

志村　それは大事なことだったんじゃない?

内田　思わず笑っちゃった。そういう日常の中の死というのは、きっと母もおもしろかっただろうなと思います。

志村　それって、家族だからこその会話だよね。もしお医者さんや私がそばにいたら、ちょっと違ったかもしれない。指示を仰ぎたくなっちゃうじゃない?　あの日、予感はしたけれど泊まらなかったのは、家族の大切な時間に、最後は他人がいないほうがいいと思っているから。私がいたら、腰が抜けた也哉ちゃんを介抱したかもしれない。

内田　そうすると、玄兎の言葉は引き出され

なかったかもしれないね。

志村 そう。だから、家族の関わりが良好だったら、もう私の出る番じゃないなと思っていて。それは私にとってはかなり寂しいことでもあるんだけれど、エゴになることだってある。だからね、大事にしていることなの。

内田 その距離感の取り方が絶妙ね。自分が中心じゃないというスタンスだからだよね。

志村 やっぱり大事な人たちの大事な時間だもの、すべては。

内田 季世恵さんは、すごく親密な存在でありながら、いつも一歩引いた良き伴走者でいる。伴走者というのは、常にその人が自力で行けるところをいい距離で見守って、手を出しすぎない。私も、誰かの役に立てるんだとしたら、そういう距離感でいたいなあと思っているんです。

普通の生き方が誰かを照らす

内田 季世恵さんは、最近お母さんが亡くなったばかりで、まだ冷静に考えられない部分もあるでしょう？　電話では話したけれど、どんな思いでいるのかな。

志村　亡くなった後も、休みの日に孫の友だちが来てくれるの。「どうしても、お線香あげたくて」って。聞くと、高校時代からかれこれ二〇年、母に楽しかったことやつらかったことを話していたみたい。まだまだ私が知らないことが結構あるの。

近所の道を歩いていると、母と同世代の人が突然私の顔を見て泣いたりする。「どうしました？」って聞くと「お母さんは私のリハビリを手伝ってくれていたの。亡くなる一カ月前にも上手く歩けないって愚痴をこぼしたら、お正月が終わったら、お汁粉食べに行きましょう。だからリハビリしてね」って。「やっと行けると思ったら、お母さんは死んじゃっていた」と涙を流してくれてね。そういう人が何人もいるんです。

内田　へえ、ご近所でそんなことが。

志村　とにかく人の世話が大好きで、孫の友だちや、私の周囲にいる人、たくさんの人がうちに来てごはんを食べていたの。そうして生きてきた結果がこれだと思うと、影響力があるかどうかよりも、その生き方が素敵だなと思って。普通のおばあちゃんの、普通の生き方が、誰かを照らしていたということが。

内田　なかなかできないですよね、そんなこと。子どもたちに対してもそうだし、同世代の人にも、家族と同様に関わるというのは。

志村　昔母は、私立の学校に行くのに泣きながらバス停まで一人で歩いていた女の子を、送っていたことがあるの。その子がピンポンを鳴らすからわかったんだけれど、母は言わないから誰も知らなかった。一度戻って父のことも送りに行くから、毎朝バス停まで二往復。そういうことをずっとやってきたんだなと思って。「おばあちゃんに失恋話を聞いてもらった」という子もいたし。そういう人たちが、それぞれにうちに来てくれるんですよ。

内田　素敵な話にしみじみするねえ。

志村　うん、しみじみしちゃう！

必要なのは「他者の手」

内田　私の場合、いびつな形の家庭だったけれど、イカの塩辛はともかく（笑）、大事なことはやっぱり教わってきたな、という実感があります。いろいろな壁があっても、最後はわかり合えるところまできてお別れできたと思う。

でもそうじゃないまま、お別れしなきゃいけない人もいると思うんです。季世恵さんは、そういう親子関係に苦しんでいる人もたくさん知っているでしょう？

志村　そうね。

内田　そのことを、どういうふうに感じていますか？

志村　私、「こども環境会議」で「大家族ごっこ」をしていたでしょ。あれはペンギンみたいに、コロニーのようなものを作ってワイワイやれば、雛も育つだろうと思ったから。

内田　へえ、子どもたちを？

志村　そう。私はコンラート・ローレンツという動物学者が好きで、その人のもとで学びたいと勉強した時期があったんです。だから「ペンギンのコロニーみたいなのがいい」と思ったのかな。それに、私が育った家は、兄や姉とすごく年が離れていたし、それぞれの友だちが出入りしていて、いつも二〇人くらいの人がいた。

内田　すごい！　でも大変だね、それは。

志村　みんなのごはんをずっと母が作り続けていて。だから晩年になってもいっぱい作っちゃうのよね。「今は六人だけど、こんなにどうするの？」っていうくらい。

内田　でしょうねえ（笑）。

志村　でも、人がいっぱいいると、つらいときにね、誰かが代わってくれるの。なんだかんだ言って、育っちゃうんだよなと思って。それで、大家族ごっこをやろうと考えたの。みんなで寄ってたかって育てたら、なんとかなる。実際、大家族ごっこに来て仲良くなった人たちは、大人になってもずっと繋がっているんです。

一人で頑張って疲れすぎてしまうと心も体も弱るよね。ときには産まなきゃよかったと思っちゃうことだってある。それが続くと自分も周りも不幸だから、ならないようにみんなで関われたらいいなと思ってるの。この本は、そのために作っているようなところもあります。

みんなが悩みながら子どもを育てていく中で、何が必要かというと、「他者の手」です。大家族ごっこは難しいかもしれないけれど、この本に登場する人のエッセンスを感じてもらえたらいいな。子どもたちに「死なないで」と呼びかけた樹木希林さんや、お世話好きな私の母や、目が見えなくても手探りで子育てをしているはーちゃんや、勇くんの祖母の君ちゃん。一人ひとりのエッセンスが伝わったらいいなって。

内田　素晴らしいと思う。私ね、理想はバランスのいい母親になりたい。でも、なれないときは、不思議なんだけど必ず誰かが助けてくれるのよ。どうしたらいいだろうって悩みを打ち明けると、視点を違う角度にして手伝ってくれる季世恵さんもいる。家族だけではわからないことも、他者によって気づけると思うから。

志村　それは私も同じよ。母のときも也哉ちゃんにいっぱい話を聞いてもらったよね。そのときもらったメッセージは今も壁に貼ってあるの。本当に他者の存在は大切ね。

うちだ・ややこ　さん
樹木希林さん、内田裕也さんの一人娘として生まれ、19歳で本木雅弘さんと結婚。3児の母　エッセイや翻訳などの執筆活動のほか、俳優、ナレーション、音楽など幅広く活躍する。

あとがき

夜桜を見に行くのが好きな母でしたが、緑内障が進行し夜の歩行はかなり大変。そんなときDIDのアテンドである視覚障がい者の知恵を借りました。あきらめず楽しめる歩き方とサポート方法を教えてくれたのです。

晩年は聴力も低下。朝のあいさつを私がしても聞こえません。あるとき、母が私に向かい「おはようのあいさつをしなくなったね」と言います。私が「言ったわよ」と返すと母が「言ってない！」と怒ります。お互いに嫌な気持ちになるのですが、それは決まって母がキッチンに立ち私に背を向けているときでした。

この話をDISのアテンドの聴覚障がい者に聞いてもらいました。すると「そのときのお母さんと季世恵さんの距離は何歩くらい？」と尋ねるのです。「五歩くらい」と答えると「そうしたらね、お母さんのところまで五歩進むの。そして肩を優しくトントンして、おはようって言うの。きっと聞こえるよ」と教えてくれるのでした。

翌朝言われた通りに肩をトントン、「おはよう」って言うと、母は振り返り私の手を撫で「おはよう」と答えます。

たった五歩に気づけない私なのです。知らなかったら、毎日小さな不幸せに見舞われていたことでしょう。

自分だけでは難しいことを、誰かに聞いてみると新しい方法が見つかる。本書もそんな一つになれたらと願っています。世界中探しても完璧な人などそうそういないものですが、大切な人を守ろう、応援しようと思うと人は強くなるのです。この本に登場した人たちも決して聖人ではなく、紆余曲折ありながらも誰かを応援していました。「自分の周りにはこんな人はいないな……」なんてさみしく思わないでくださいね。記した人たちはみんなお節介な人ばかり。今はもう会えない人もいるけれど、紙面からあなたを応援してくれるはずです。

最後になりますがこの場で感謝の気持ちを伝えさせてください。

内田也哉子さん、ありがとうございました。「お母さんたちの応援を書こうと思う」という相談をしたときに、背中をそっと押してくださり、対談までしていただきました。母の看病をしている期間に私の話を聞き応援してくださった優しさは今でも私の支えです。

そして樹木希林さん。帯を書いてくださりありがとうございました。「あなたはいつかまた本を書くことになるから、帯を先に書いておくね。そのときには私は死んでいるけれどね」とおっしゃっていました。切ない気持ちで聞いていましたが、執筆を通して希林さんと再会できた気持ちでいます。

もうお一人。婦人之友社の菅聖子さん。執筆の途中で母の病気が分かり看病と仕事が重なって書くことができない私を、温かく見守り伴走してくださいました。

ここには書ききれないほど多くの方に助けていただきました。エールを送り続けてくれたからこそ本が誕生したのです。感謝の気持ちでいっぱいです。

二〇二三年二月　梅の花を眺めながら

志村季世恵

志村季世恵 Kiyoe Shimura

バースセラピスト。一般社団法人「ダイアローグ・ジャパン・ソサエティ」代表理事。1990年「癒しの森」を故志村紘章と立ち上げ、心にトラブルを抱える人、末期がんを患う人に寄り添う。クライアントの数は延べ4万人を超える（2007年「癒しの森」閉院）。1999年からダイアログ・イン・ザ・ダークの理事となり、多様性への理解と対話の必要性を伝える。現在は視覚障がい者、聴覚障がい者、後期高齢者とともに行うエンターテインメント、ダイアログ・ダイバーシティミュージアム「対話の森」https://taiwanomori.dialogue.or.jp/ を主宰。著書に『いのちのバトン』『さよならの先』（共に講談社文庫）、共著に『親と子が育てられるとき』（内田也哉子／岩波書店）などがある。

装丁・本文デザイン　鳴田小夜子（KOGUMA OFFICE）
装画　大野八生
撮影　中林 香
校正　DICTION
編集　菅 聖子（婦人之友社）

エールは消えない
いのちをめぐる5つの物語

2023年3月10日　第1刷発行
2023年7月15日　第3刷発行

著者　志村季世恵
編集人　小幡麻子
発行人　入谷伸夫
発行所　株式会社 婦人之友社
〒171-8510 東京都豊島区西池袋2-20-16
電話03-3971-0101
https://www.fujinnotomo.co.jp
印刷・製本　シナノ書籍印刷株式会社

ISBN978-4-8292-1005-5